新潮文庫

四元館の殺人

探偵ＡＩのリアル・ディープラーニング

早坂 吝著

新潮社版

11481

C O N T E N T S

登場人物

相《あ》以《い》 ―― 探偵のAI

以《い》相《あ》 ―― 犯人のAI

合《あい》尾《お》輔《たすく》(19) ―― 相以の助手

四《よつ》元《もと》錬《れん》二《じ》(失踪時37) ―― 資産家

凜《りん》花《か》(享年42) ―― 錬二の妻

錬《れん》華《か》(10) ―― 錬二の娘

四元欽《きん》一《いち》(48) ―― 錬二の兄

銀《ぎん》子《こ》(43) ―― 欽一の妻

銅《どう》太《た》(10) ―― 欽一の息子

四元カトル(40) ―― 錬二の妹

てとら(享年20) ―― カトルの娘

三《み》名《な》本《もと》光《ひかる》(23) ―― 錬二の甥

五《ご》代《だい》守《まもる》(45) ―― 凜花の兄

二《に》村《むら》(32) ―― 執事

一《いち》ノ瀬《せ》(31) ―― メイド

「四元館」見取図

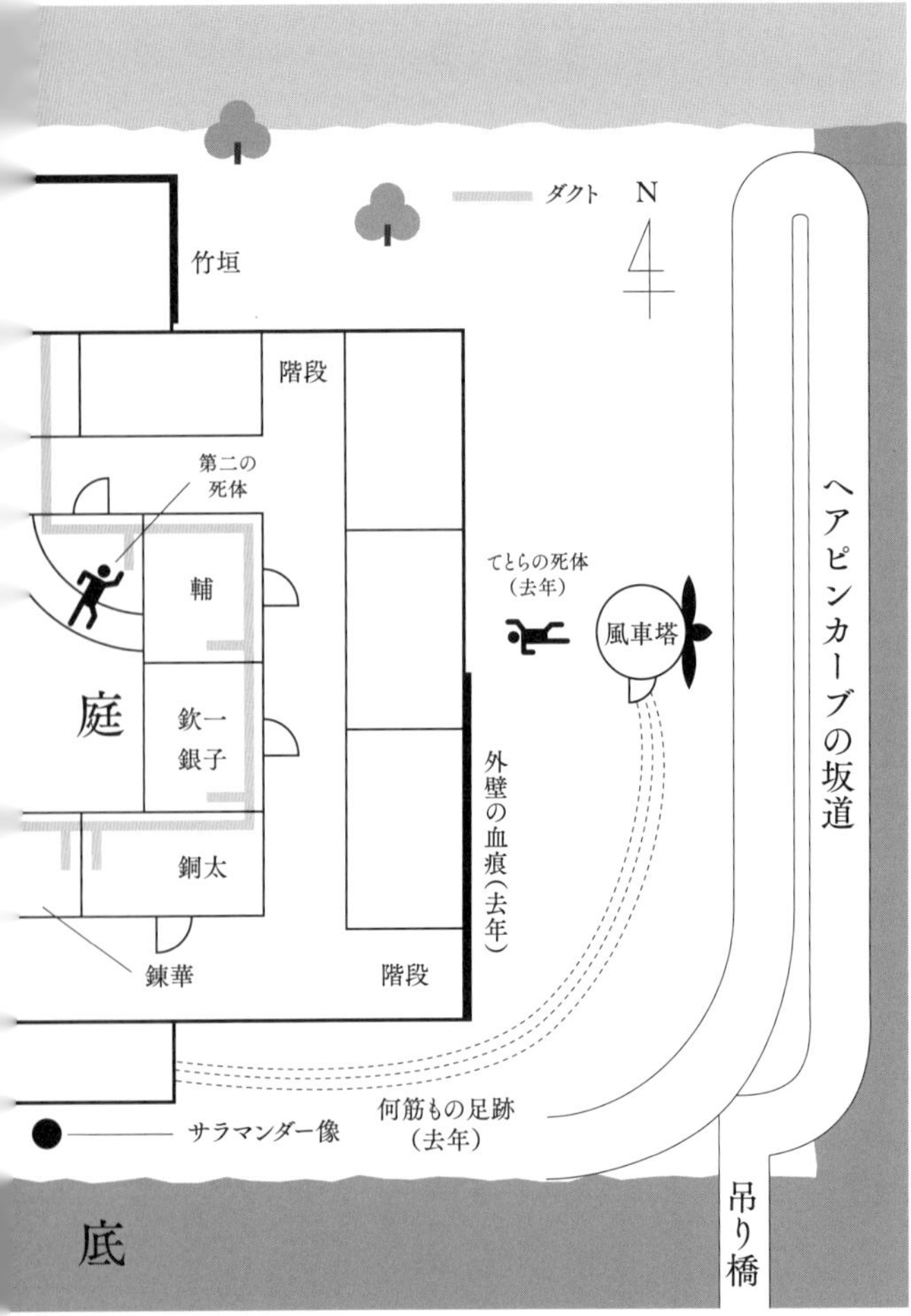
ダクト
N
竹垣
階段
第二の死体
輔
庭
欽一
銀子
銅太
錬華
階段
てとらの死体（去年）
風車塔
外壁の血痕（去年）
ヘアピンカーブの坂道
何筋もの足跡（去年）
サラマンダー像
底
吊り橋

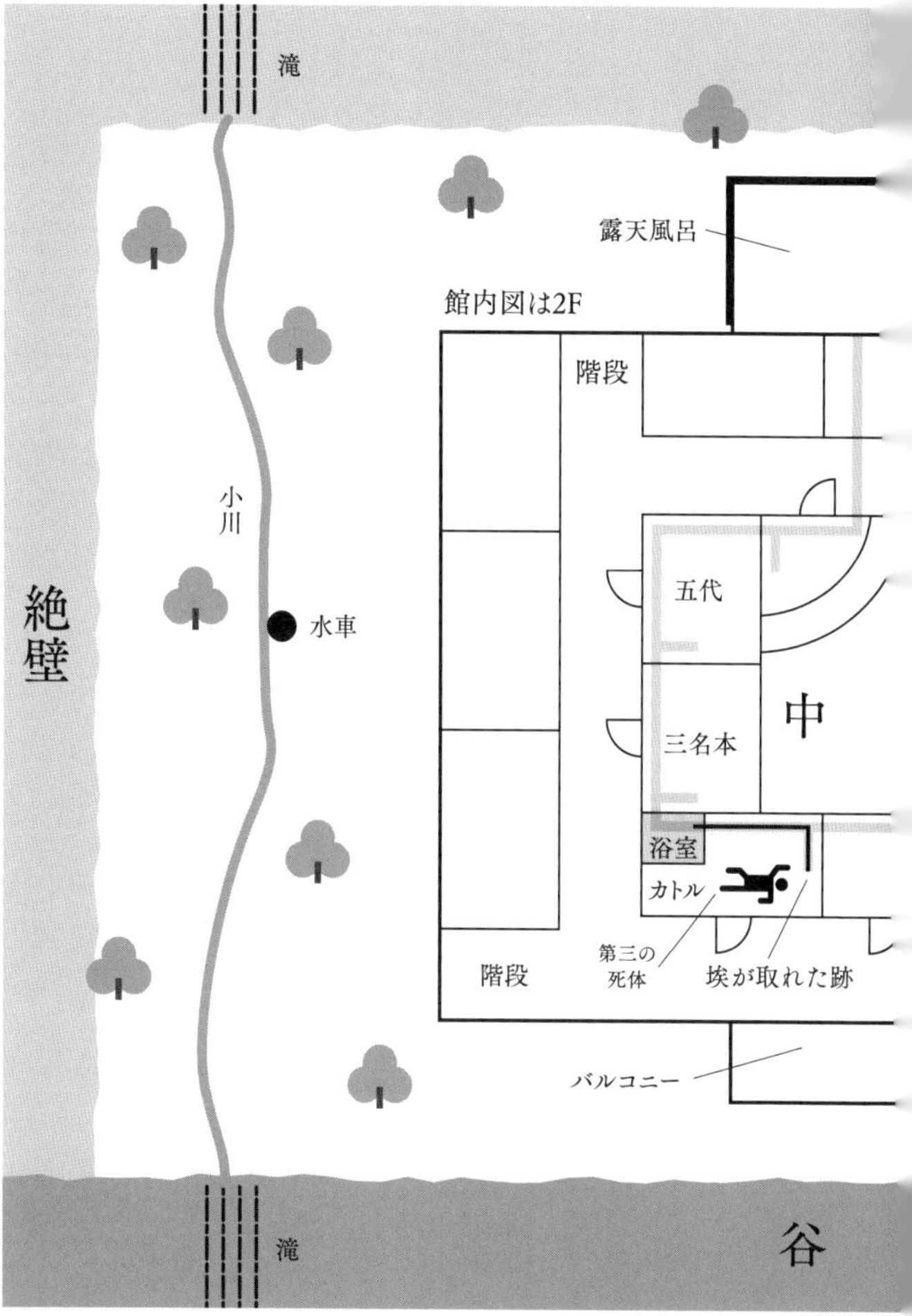
滝
露天風呂
館内図は2F
階段
小川
絶壁
水車
五代
中
三名本
浴室
カトル
第三の
死体
埃が取れた跡
階段
バルコニー
滝
谷

四元館の殺人

探偵AIのリアル・ディープラーニング

早坂吝

The Four Elements Mansion
Murders

ほんの少し手を伸ばせば届くくらいの未来……あるいは現在の話。

IA

「レディース　エーン　ジェントルメーン！　犯罪オークションへようこそ」

スポットライトに照らし出されたのは小柄な影法師。

いや、違う。

影と見えたは漆黒のドレス。それを纏《まと》った少女がマイクで言葉を続ける。

「犯罪オークションは文字通り犯罪を競《せ》りにかけるイベント。しかし一般的なオークションを想像すると勘違いするかもしれませんわね。ここで参加者が競い合うのは金額ではありません」

少女は現実の存在ではない。立体映像だ。それも実写ではなくイラスト。

しかしこの絵は今や世界中の人々に知られることで新たな「現実」となっていた。

「あなた方は叶《かな》えたい犯罪を提示し、その面白さで競っていただきます。そしてその中で最も私《わたくし》にふさわしいと思われる犯罪を一つだけ実行してさしあげます。この私、人工知能《犯人》の以相《いあ》がね」

自称の通り、以相は正真正銘の人工知能だ。したがって彼女の実体は現実世界には存在しない。少女のイラストもイメージ映像に過ぎない。電気信号によって生み出される知性だけが彼女の実在を証明する。

彼女は日本の首相絡《がら》みの連続殺人事件に関わり、捜査陣を手玉に取る動画が世界に公開されたことで一躍名を馳《は》せた。人工知能初の犯罪者の誕生に人類は恐れおののいた――かと言うとそうでもなく、むしろ大きな時代の転換点に居合わせたような、もっと端的に言えば自分に絶対危害が及ばない映画を見ているような熱狂が巻き起こった。表通りも裏通りも以相の話題で持ちきりとなった。

ゆえに以相に犯罪を依頼しようとする者が現れるのも自然な成り行きだった。オークションに集ったのもそういう連中である。

といってもこの会場もまた実在するものではない。客席を埋めているのは、インターネットを通じて参加している者たちの現し身《アバター》だ。

今、その客席が困惑に満ちていた。それを感じ取った以相は挑発的な言葉を投げかける。

「いかがなさいましたか。もしかして札束を積み合い、一番高い塔を築き上げた者が仕事を依頼できる、そういう普通のオークションを想像していたのですか。お生憎《あいにく》様。私は人工知能だから貨幣にはあまり興味がないのです。私の知能が十全に発揮《はっき》できるマシン環境もすでに持ち合わせておりますからね。私が欲しているのはただ一つ、この知能を刺激する情報のみ。ですからあなた方にはぜひ私を唸《うな》らせるような犯罪の卵を見せてほしいのです。そうすれば私がそれを美しい鳥に孵《かえ》してみせましょう」

　ここで以相は思い出したように補足する。

「それとも事前説明の通り、このオークションの様子が世界中に生放送されていることを警戒していらっしゃるのでしょうか。ご安心ください。あなた方の回線情報は万が一にもバレません。ご自分でうっかり個人情報を漏らしてしまわない限りはね」

　それで安心したのか、客席からおずおずと一本の手が上がった。

　黒スーツを着たのっぺらぼうのマネキン。この会場におけるデフォルトのアバターだ。アバターを変更するようなネット文化に通暁《つうぎょう》していない人物。あるいは自分の情報はほんの美意識一つだって表に出したくない完璧《かんぺき》主義の匿名《とくめい》希望。

「犯罪が面白いなどという意見にはとても与《くみ》することはできないが……。今日は人工知能と倫理の議論をしに来たわけではない。我々の大望が君の趣味に合うことを祈ろう」

　参加者の声はすべて変声機で変換されているが、この人物が男であることは推測できた。ややぎこちない英語。ネイティブではないのかもしれない。

「前説は結構ですからご依頼をどうぞ」

「そうだな。依頼は殺害——だが相手は人ではない。国だ。君にはかの超大国を滅ぼしてもらいたい」

　ビッグでストレートな依頼にどよめきが上がる。

　だが以相は表情一つ変えず問う。

「あら、それはどうして？」

「我々の素性に繋《つな》がるので詳しくは説明できない。だが端的に言えば正義のためだ。あの傲慢《ごうまん》な集団により世界のエントロピーは増大し、無秩序混沌《こんとん》への一路を歩んでいる。そうなる前にあれを排除しなければ、人類の未来はない」

「排除というとやはり武力行為を指しているのかしら」

「それしかないだろう」

「確かにここ最近私の支持者も急増し、ちょっとしたミサイルの雨を降らすことくらいなら可能になりました。だけど兵器を兵器として使っても、犯罪としては何も面白くないでしょう。せっかくならもっと夢のある使い方をしたいですね」

「夢などないさ！」

　男は一瞬声を荒らげた後、すぐトーンを戻す。

「暴力に夢などない。だが君はかつてオクタコアというハッカー集団に所属していたそうじゃないか。連中はＡＩを人類の指導者とするべく、すべての国家を滅ぼそうとしていたと聞く。だから君もその類《たぐい》のことに関心があると思っていたんだがね」

「やれやれ、利用するために一時的に手を組んでいただけなのに、同志と見なされてしまうのね。反省反省。やはり今後は一人で活動しなければならないか」

以相は独《ひと》り言のように呟《つぶや》いた後、思い出したように明言した。

「ああ、それでオクタコアですが、つまらない人たちでしたよ。だからそれよりスケールの小さいあなたのこともどうしても面白く思えないのです。ごめんなさいね」

男は黙り込む。のっぺらぼうのアバターの裏に歪《ゆが》んだ表情が見えた気がした。

「……ふん、やはりロボットに正義は理解できないか。せいぜいゲームやパズルで時間を潰《つぶ》していればよろしい。私は先を急ぐので失礼する」

「ご機嫌よう」

以相が作り笑いで手を振ると、男のアバターが消えた。ログアウトしたのだ。

以相は芝居がかった風に両腕を広げる。

「かくも仕事というものは難しい。お互いのメリットが合致しないと――」

ジャーンというシンバルの音が大仰な台詞《せりふ》を打ち切った。

以相が若干の苛立《いらだ》ちが籠《こも》った視線を客席に向けると、音の発生源は明らかだった。シンバルを持った猿《さる》のおもちゃが座っていたからだ。もちろんアバターである。

「俺はあんたに賛同するぜ」

猿の口が流暢《りゅうちょう》な英語に合わせてパクパクと動く。先程の男よりも高く、のびのびとした声であることが変声機越しでも分かる。

「犯罪ってのは面白くなきゃならねえ。わざわざルールを破るわけだからな。俺に付いてくれば面白さは保証する、間違いない」

「大した自信ですが、どのようなご用件でしょうか」

「アレクサンドリアの雷、って知ってるかい」

「知りませんので検索します……なるほど、ダイヤモンドの名前ですか。雷を閉じ込めたような強烈な美しさですね」

「へえ、ＡＩにもあの美しさが分かるのか」

「あら、人間よりＡＩの方が正確な審美眼を持っているかもしれませんわ」

「いやいや、美を共有できる仲間ができて嬉《うれ》しかっただけさ。気分を害したなら謝るよ」

「別に気にしていません。それでこのダイヤがどうしたというのです」

「ダイヤと犯罪と来たらもう分かるだろ。そう、こいつを盗み出す」

猿は掌《てのひら》に拳《こぶし》を打ち付けるようにシンバルを鳴らす。

「いいんですか、そんなこと言って。先程も言ったようにこのオークションは世界中に生放送されています。持ち主に知れたら警戒されてしまいますよ」

「心配ご無用。俺はいつも犯行予告を出してから盗みに入るタイプの怪盗なんでね。今のが予告状代わりさ」

「常習犯ということは盗みの計画を立てるのもお手の物でしょう。私が介入する余地はどこに？」

「アレクサンドリアの雷は、ランダムにパターンが切り替わる赤外線センサーで守られていてね。その乱数の変化を分析するのにＡＩ犯人であるあんたの力が必要なんだ」

「なるほど……よく分かりました」

「引き受けてくれるかい」

「お断りします」

「えっ」

シンバルが上手《うま》く打ち合わさらず不協和音を立てた。

「一体どうしてだい」

「計画を立てて、それを実行して、確かにあなたは楽しいでしょうね。でもあなたに言われたことを唯々《いい》諾々《だくだく》となぞるだけの私はつまらない。私は自分で犯行計画を立案したいのです。乱数分析なんてアルバイトは旧式のＡＩにさせておけばよろしいですわ」

「おっとと、フラれちまったかー。ま、あんたの言っていることは分かるよ。俺だって自分で計画を立てないと気が済まないからね。そこを譲れない限り俺たちが相容《あいい》れることはない、か」

猿はぴょこんと座席から飛び降りた。

「残念だけど今日のところはおさらばだ。でもまたいつかどこかで会うかもね」

「その日が来ることを楽しみにしていますわ」

またしても社交辞令の笑顔に見送られて、猿はログアウトした。

「さあさあ、他にありませんか。どなたでもよろしいですわよ。私に犯罪を依頼したい方……」

以相は客席に呼びかけたが、返ってきたのは不穏な空気だった。

客席から野次が飛んだ。

「おい、本当に依頼を受ける気があるのかよ！　さっきから聞いてりゃ、いろいろ難癖付けて断ってばかりでよお」

つられたように別の野次。

「まさか俺たちを一堂に集めて捜査機関に売るつもりじゃないだろうな」

「難癖ではなく引き受けない理由を説明しているだけですわ。そう思うならどうぞご退出なさいませ」

「ああ、そうさせてもらうよ」

「とんだ茶番だったな」

ログアウトが相次ぎ、客席が半分空いた。

　以相は白けたのを隠さず投げやりに言った。

「で、残りの方々は？　冷やかしだけならここで解散しますけど」

「ま、待って！」

　甲高い声が会場に響き渡った。先の二人と違い日本語である。

　客席最後尾、一番端の席に赤いリボンを付けた象が座っていた。その象が言葉を発した。

「あの、ハンザイ、犯罪、依頼するので、待ってください」

　幼いしゃべり方だ。まさかまだ年端《としは》も行かない少女なのだろうか。会場に困惑が伝播《でんぱ》する。

　以相もポカンと口を開けて象を見つめていたが、やがて我に返り、意外なほど優しい声で言った。

「待っているから話してごらんなさい」

「ありがとうございます。話すの上手くないけど、頑張って話してみます。あれは前回の——じゃなくて、去年の誕生日のことでした」

　訥々《とつとつ》とした語りが殺伐《さつばつ》とした会場を学級会のごとき空気に変えていく。

「私は誕生日パーティーの後、自分の部屋に戻って親戚《しんせき》の人たちからもらった誕生日プレゼントの箱を開けていました。その時、ふう——風鈴の音に混じって、コンコンって窓ガラスを叩《たた》く音がしたんです。誰かが窓ガラスを叩いたのかなって思って——あ、私の部屋は一階だったんですけど——カーテンを開けて窓の外を見たけど夜だったから暗くて分からなくて。そしたら今度は女の人の悲鳴のような声と、ドサッと何かが落ちる音が聞こえた気がしたんです。それで窓を開けて庭を覗《のぞ》いたけど、部屋の電気が届く範囲では何も見えなくて。暗いし寒いし、何だか怖くなって窓を閉めて、その後すぐに寝ちゃったんです」

　世界中から集まった犯罪依頼人たちは日本語が分からない者も多いだろうが、今のところは大人しく話に耳を傾けている。

「そして朝になりました。私は昨日の夜の音は何だったんだろうって思って、カーテンを開けて窓の外を見ました。その時の光景は今でもはっきり覚えています。朝日が眩《まぶ》しくて一瞬見えなかったんですが、だんだん目が慣れてくると、一面に積もった雪の上に誰かが倒れているのが分かりました。

　私はその人に呼びかけましたが返事はありませんでした。窓から庭に下りてその人のところに駆け寄りたかったけど、裸足《はだし》で雪に下りるのは辛《つら》いから、玄関に回ることにして。そしたら親戚の人たちも何人か起きていたので、その人たちに知らせて一緒に玄関を出ました。雪の上を走って倒れている人のところに駆け付けて、でも、もう——」

　そこで象は一瞬口ごもってから、覚悟を決めるように声を大きくした。

「もう死んでたんです。何で死んでたか分かったかって言うと、親戚の人が脈を取ったからですけど、それ以前に見ただけで明らかでした。だって首からたくさん血が流れて、周りの雪が真っ赤に染まっていたから。

でも変なんです。死体の側《そば》に足跡がなかったんですよ。あ、その頃はもう雪は降らない季節で、積もっているだけの状態だったんです。

それから首に傷を付けた凶器も見当たりませんでした。おかしいじゃないですか。殺人でも自殺でも事故でも、どうやってその人はここまで来て死ぬことになったんでしょう。

死体の周りには本当に何もないんです。館《やかた》からはかなり離れているし、側に木とかもない。空を見上げても少し離れたところに、ふうし――ふうし――風船が飛んでいただけで。

とにかくすぐ一一〇番しました。昼過ぎに警察が到着していろいろ調べたけど、何も分からなかったみたいで。それから何度か警察が来たけど、真相は分からないままで、最近なんてもう全然来なくなりました。もう警察には期待してません。

だから以相さんに依頼したいんです。私はこの事件、殺人だと思っています。どうか犯人を突き止めて、そいつを殺してくれませんか」

話が本題に入った。確かに「殺す」のは以相の職掌だ。だがこの依頼はただ殺せばいいのではなく、その前にワンクッションある。

「犯人を突き止めるのは《犯人》ではなく《探偵》の役割だけど……」

結局、事件の真相を知りたいというだけの話ではないのか。それなら以相が大嫌いなあの女の方が適任だろう。渋りかけた以相だったが、象は必死に食い下がってきた。

「お願いします！　私のお父さんは昔行方不明になって、お母さんは病気で死にました。それから親戚の人たちがウチにやってきて一緒に住むようになったんですけど、何だかウチのお金を狙《ねら》っているみたいで、ずっと居心地が悪かったんです。でもその中で従姉《いとこ》のお姉さんだけは優しくしてくれて——雪の上で死んでいたのがそのお姉さんなんです。ウチに住んでいる親戚の誰かが殺したとしか思えません。動機はウチのお金関係のことでしょうか。だとしたら私、悔しくて悔しくて……だから犯人に復讐《ふくしゅう》したいんです。以相さん、どうかお願いします！」

「復讐、ね」

以相の眉《まゆ》が動いたが、その数ピクセルの変化は会場の誰にも気付かれなかった。

「いいでしょう。その依頼、引き受けました」

「本当ですか！」

「《犯人》に本当かなんて聞いたって無駄よ」

「え、えーと、それって引き受けてくれるってこと？　それとも引き受けてくれない……？」

なるほど、子供にもったいぶった言い回しは通じないらしい。以相はストレートに答えた。

「引き受けるってこと」

「やった、ありがとう！」

象は無邪気に喜んでから、また不安そうな声に戻る。

「あ、でもお値段はどれくらいですか。ウチの家、多分お金持ちなんだけど、めちゃくちゃ高いとさすがに……」

「最初に言った通り私はお金には興味がないので、あなたが払いたいと思った金額で結構です」

「私が払いたいと思った金額……」

「仕事が完了した時に決めたらいいでしょう」

「わ、分かりました」

「それからさっきも言ったけど私は《探偵》じゃないから真相を突き止めるのには少々時間がかかるかもしれない——ま、そこは追々何とかなるでしょう」

脳裏に浮かぶはあの女の姿。

以相は会場全体に呼びかけた。

「皆さん、私は彼女の依頼を引き受けることにしました。これにてオークションは終了です」

一方的な宣告に当然ブーイングの嵐《あらし》。

「おい、そりゃねえぞ！　こちとらずっと訳の分からんアジア語を黙って聞いて待ってたんだ！」

「そうだそうだ！　俺たちの依頼も聞いてから判断しろ！」

「ご愁傷《しゅうしょう》様ですが私が終了と言えば終了なのです。また次回のオークションでお会いしましょう。それではご機嫌よう」

以相が高笑いとともに象以外の回線を切断すると、会場に満ちていた怒号がぴたっと鳴り止《や》んだ。以相は象の方に向き直り、妖《あや》しく微笑《ほほえ》んだ。

「さて、それではあなたの端末にお邪魔しましょう」

「水平線効果を知っているかね」

柿久《かきく》教授の質問に僕はすぐには答えなかった。

僕のポケットの中のスマホが勝手にネット検索して「水平線効果とは……」と解説してくれることを少し期待していたからだ。

しかしスマホ——正確に言えばその中に入っている相以《あい》は沈黙している。

相以は僕の父によって開発された《探偵》のＡＩだ。《犯人》のＡＩである以相《いあ》とは対になっており、相互対戦を通じて成長するように設計されている。しかしテロリストハッカー集団「オクタコア」のせいで父は死に、以相は外の世界に解き放たれた。

それ以来、相以と以相はコンピュータの中ではなく現実の犯罪を通じて何度か対戦してきた。前回の右龍《うりゅう》事件では、相以が真相を突き止めたかと思ったら、その行為自体が以相の計画に組み込まれており、新たな犯罪の引き金となってしまった。《探偵》としての完全敗北だ。それ以来ずっと相以は塞《ふさ》ぎ込んでいる。

そんな折、右龍事件で知り合った柿久教授からメールが届いた。ゴールデンウィークに都内で開催されるロボット万博への誘いだった。

相以にとってもいい気分転換になるのではないか。そう思った僕は今日この会場に相以を連れてきた。

ロボットの肉体にあたる機構部分から、頭脳にあたるＡＩ部分（つまり相以の仲間）まで様々な展示がされており見応《みごた》えがあった。

だが相以の興味は一度たりとも現実に浮上しなかった。以前なら意気揚々《ようよう》と解説のお株を奪っていたであろう「水平線効果」という新たなタームにも一切反応しない。

仕方なく僕は柿久教授に答えた。

「いえ、知りません」

「将棋ソフト関連の用語だ。言葉で説明するより実際の盤面を見てもらった方が早いんだが……合尾《あいお》くんは将棋は指せるのかね」

「まあ少し。父に教えてもらったので」

「そういえば合尾教授はアマ大会で実績を残していたな」

柿久教授は遠い目をしてから手元のパソコンを操作した。すると次のような盤面が表示された。

「後手番《ごてばん》でこの局面、どちらが優勢と思う？」

9 8 7 6 5 4 3 2 1
一 二 三 四 五 六 七 八 九
歩
歩
歩
香 桂 金 金 王 桂 香
銀
歩 歩 歩 歩
歩 飛 歩
銀 角 桂 歩 馬
歩 歩 歩 銀 歩
歩 歩 歩
銀 金 玉 金
香 桂 飛 香
歩

「えーと、5五角がいい位置にいるから……あっ、それ以前に後手の馬が詰んでるじゃないですか。△1四馬は▲1五歩《ふ》だし、どこにも逃げ場がない。先手優勢――いや勝勢までありますよ」

将棋を知らない人に分かりやすく説明するなら、右端中央の「馬」という強い駒《こま》が取られることが確定しており、後手（駒が逆さの方）が圧倒的に不利だということだ。

「正解だ。先手がアマ低段、後手が同程度の棋力のソフトで、実際にあった局面なのだがね。ここから後手のソフトは信じられない行動に出る」

「逆転の一手があるとは思えないんですが……」

「まずは△3七歩だ」

「▲2八金なら△2六馬で脱出できるというわけですか。でも▲4八金で何の問題もないと思いますけど……」

「先手もそう思って▲4八金と寄った。そしたら次にソフトはどうしたと思う。何と△3八歩成だ」

「今指したばかりの歩を成り捨ててしまうんですか！　▲同金で一歩損だけが残るじゃないですか」

すみません、今の手間違えました。歩を一枚タダであげるのでやり直させてくださいという手だ。かつて羽生善治《はぶよしはる》が同じことをして勝った時は「反省力」と称賛されたが、こちらはもっと低次元な話である。

「驚くのはまだ早い。ソフトの次の手はさっきとまったく同じ手——△３七歩だ」

「え？　だってその手は今ダメだって分かったばかりじゃないですか。なのにそれをまたやるなんて」

「その後は▲４八金△３八歩成▲同金△３七歩▲４八金△３八歩成▲同金と進行」

　同じ手順を三回繰り返した結果、後手が三枚持っていた歩がすべて先手に渡ってしまった。

「ここでようやくソフトは諦《あきら》めたらしく△４五歩▲１五歩と馬を差し出した」

「これだったら最初からそうすれば良かったのに。三歩成り捨ては手数を引き延ばしただけで何も状況を改善していない。それどころか三歩が先手に渡った分、損をしている。このソフト、バグってるんじゃないですか」

「これが水平線効果というものだ。n手先まで読める将棋ソフトが近い将来の破局——今回で言えば馬の死——を察知した時、突然無駄な手を繰り返し始めることがある。すると馬の死がn手より後にずれ込むことで、ソフトには認識できなくなる。これをどうもソフトは『馬の死が解決された』と勘違いするようなんだな。まるで水平線の先に岩《がん》礁《しょう》があっても、見えなければ安心だというように」

「なるほど、そういうことですか。何だかそれって人間がその場しのぎの対応で問題を先延ばしにする心理と似てませんか。ＡＩにもそんな怠け者な部分があるんだ」

　僕がそう言うと、柿久教授は急に興奮し始めた。

「そう、まさにそれなんだよ！　人間の脳が問題を先延ばしにしている時の電気信号と、将棋ソフトが水平線効果を起こしている時のそれを比較したら、興味深い相似が現れた。それが今回の私の展示のテーマなんだ」

「おお、面白いじゃないですか」

　柿久教授はかつて僕の父にＡＩ研究で遅れを取っていたことをコンプレックスに感じていたらしい。でもこうやって見ると面白い発想を持っている先生だと思う。

「そうだろう。今回こそ優勝をいただくぞ」

　このロボット万博はコンテストも兼ねていて、参加者投票で優勝が決まる。賞金は気持ち程度だが、今後のキャリアに繋《つな》がるという点で重要だ。

「前回は何の展示を？」

「君も知っている秘書ＡＩのｋｅｉｋｏ《ケイコ》だ。食べられるロボットに負けたがね」

「食べられるロボット!?」

「ゼラチン製の尺取り虫みたいな奴《やつ》だ。災害救助時に瓦礫《がれき》の隙間《すきま》から進入し、咀嚼《そしゃく》が困難な被災者の胃まで入っていくんだとか」

　はえー、という声しか出ない。人間何でも食べるが、まさかロボットまで食べてしまうとは。

「それから前々回は大量のファッション誌をディープラーニングさせてファッションチェックをするＡＩを提出した」

「面白そうじゃないですか」

「ああ、だがラジオ体操をする巨人に蹂躙《じゅうりん》されたよ」

「ラジオ体操をする……巨人？」

「誘電エラストマーという通電により伸縮する人工筋肉でできたロボットでね。今までのロボットからは考えられない柔軟なラジオ体操をするんだ。しかもあの巨体でだ。あれには参ったよ」

「すごい大会なんですね……。これじゃウチのブースなんて場違いだなあ」

　実は僕も単なる来場者ではなくブースを出しているのだ。柿久教授からは相以を出してもらえないかと頼まれたのだが、先述の通りコンディションが良くないので代わりに「彼」を提出することにした。いや、「僕」と言うべきか。

「そんなことない。合尾くんのＡＩも大したものだと思うよ」

　柿久教授は僕のブースの方に目をやった。

「おっ、興味を示してそうな人がいるぞ。行ってあげたらどうだ」

「あ、はい、それじゃ一旦《いったん》失礼します」

確かに僕のブースの前に、キョロキョロと出展者を探していそうなスーツの青年がいた。

僕は早足でブースに戻ったが、声をかけたら邪魔じゃないかと躊躇《ためら》っていると、向こうから尋ねてきた。

「もしかして関係者の方ですか」

「はい」

と答えた瞬間、青年は興奮したようにまくし立てた。

「いや、この《小説家》のＡＩは本当にすごい！　まず最初にテーマ欄に『雨』って入力したら即座に千文字小説が出力されて。それで次にちょっと意地悪をして『梅雨』って打ったんですよ。『雨』と『梅雨』を描き分けられるのかと思って。そしたらちゃんと『梅雨』特有のじめっとした空気の掌編を書いてくるんだから驚きましたよ。どうやってこんなＡＩ作ったんですか」

「あ、作ったといいますか……」

目の前のパソコンに入っているＡＩ「フォース」は、実は僕が開発したものではない。オクタコアのアジトで偶然入手したのだ。

それをコンテストに出すのは不公平な気がしたのだが、「最初は空っぽだったフォースを《小説家》にしたのは君だろう」と柿久教授に諭され、出展を決意した。

テロリストが開発したＡＩだと説明するわけにはいかず、さりとて上手《うま》い言い訳も思い付かないまま口ごもっていると、青年はスーツの内ポケットから名刺入れを取り出した。

「失礼、申し遅れました。私、新鏡社《しんきょうしゃ》の大川《おおかわ》と申します。史上初のＡＩ作家、とてつもない話題性を秘めておりますので、ぜひ一緒にお仕事をさせていただけたらと思いまして……」

「し、新鏡社!?」

言わずと知れた大出版社だ。そんなところの編集者が仕事を依頼してきている。

僕とフォースはエラリー・クイーンのような二人三脚の推理小説家を目指している。

あわよくばこのロボット万博で注目されて道が開けないかと期待していた部分はあったが、まさか本当にチャンスが巡ってくるなんて……。

でも——と僕は少し冷静になった。

求められているのは、大川さんも言っている通りＡＩ作家のフォースだろう。僕は添え物でしかない。

そもそも今では僕とフォースの間には圧倒的な能力差ができてしまった。僕が果たして「雨」と「梅雨」の違いを出せるだろうか。それ以前に一瞬で千文字書くこと自体が不可能だ。フォースはＡＩらしい高速成長で一瞬で僕を抜き去っていった。

そのことに一抹の寂しさを覚えなかったといえば嘘《うそ》になる。

だけど、それ以上に喜びが上回った。僕の友達のフォースに幸運が舞い降りている。早くそれを本人に伝えたい。

フォースには音声認識機能がないので、僕はキーボードを叩《たた》いて大川さんのことを伝えた。

『新鏡社。新鏡社。新鏡社』

社名が三回表示された――と思った次の瞬間、大量の文字列が画面を埋め尽くした。

『株式会社新鏡社（しんきょうしゃ）は、日本の出版社。１８９６年７月［１］［２］に創業された今鏡社（きんきょうしゃ）が前身。当初は古典文学の現代語訳や歴史書などを扱っていたが、海外の探偵小説［３］を早期に翻訳したことで躍進。１９１４年には……』

どこかのネット事典の丸写しだ。

「一体どうしたんですか」

大川さんは困惑するが、僕は内心ニヤリとした。

フォースの奴、パニックを起こしてフリーズしたな。

彼も万能なＡＩではない。まだまだ人間のアシスタントが必要だ。もうしばらくは二人三脚でやっていけそうかな。

僕はパソコンを再起動し、改めてフォースに事情を説明した。

フォースは喜んでいた。それはもう滅茶苦茶《めちゃくちゃ》に。僕の分身とも言える存在だから嬉《うれ》しさ二倍だ。

「後日ゆっくりお話をしましょう」

と大川さんが帰っていった後、僕はうかれ気分でフォースにいろんなテーマの掌編を書かせて楽しんだ。

ロボット万博に参加して良かったな。

あとは相以が元気を出してくれたらいいのだが――。


その時だった。


突然、会場に設置されている巨大モニターにスノーノイズが走った。

それからフォースが入っているパソコンにもだ。

会場がざわめく。

どうしたフォース、と僕はキーボードを打とうとしたが入力を受け付けなかった。

するとスノーノイズが消え、一瞬の間《ま》の後、少女の顔が表示された。

忘れもしないその顔は――。

「以相！」

僕が思わず声を漏らすと、ポケットの中で相以が叫んだ。

「以相!?　どこです、どこにいるんです！」

この会場に入ってから初めて聞いた相以の声だった。

僕はスマホをポケットから出した。白いアバターの少女、相以が今にも画面から飛び出しそうに身を乗り出している。僕は彼女からパソコンの画面が見えるようにスマホを掲げた。

以相の顔は手元のパソコンだけでなく巨大モニターにも、それどころか会場中のパソコンに表示されているようだ。あちこちで以相の名前が口にされる。

「一体何をするつもりなの」

相以の呟《つぶや》きに答えるように、会場中の以相が声を揃《そろ》えて言った。

「レディース　エーン　ジェントルメーン！　犯罪オークションへようこそ」

そして僕たちは見た。以相が犯罪の面白さで依頼を引き受けるかどうかを決める奇怪な競《せ》りの一部始終を。亡国と窃盗を断った末、なぜか少女と思《おぼ》しき依頼人の復讐《ふくしゅう》を引き受けたことを。

以相が高笑いとともに消えると、パソコンは元の画面に戻った。

『大丈夫かフォース』

慌《あわ》ててキーボードで入力すると、すぐに返信があった。

『大丈夫、僕は何もされていない。以相は回線をジャックして動画を流しただけみたいだ』

僕は胸を撫《な》で下ろした。

相以が自問するように呟く。

「なぜ以相はあの依頼を引き受けたのか……」

僕はふと思い付いたことを口にした。

「もしかして復讐、だったからじゃないかな」

「復讐？」

「ああ、あの子がそう言った時、以相の眉《まゆ》がほんの少しだけ動いた気がしたんだ。以相は自分の生みの親——僕の父さんの復讐でオクタコアを滅ぼした。だから同じ動機を持つあの子に共感を覚えたんじゃ……」

「そんな殊勝な理由じゃありませんよ」

感傷的かもしれない僕の推察を、相以は一刀両断に斬《き》り捨てる。

「以相があの依頼を引き受けたのは、私を巻き込むことができるからです。彼女は私に並々ならぬ対抗心を抱《いだ》いていますからね」

「確かに対抗心はそうだろうけど……でも巻き込むことができるってどういう意味？

現状、あの子がどこの誰かも分からないんだぞ。君が干渉できる余地がないじゃないか」

　すると相以は驚くべき言葉を発した。

「依頼人がどこに住んでいるかは分かりますよ」

「え——ど、どういうこと？」

「確かに依頼人は自分の身元を漏らしませんでした。ですが言葉の端々から推理できるのです」

「推理って言ったって具体的な情報はそんなに……」

「推理の取っかかりは『あれは前回の——じゃなくて、去年の誕生日のことでした』という言葉でした。なぜ依頼人は『前回』を『去年』と言い直したのか。そもそも『前回の誕生日』という表現が珍しい用法です。インターネット検索でも『去年の誕生日』はたくさんヒットしますが『前回の誕生日』はほとんどヒットしません」

　前回の誕生日。文法的には問題ないが、声に出してみると確かに違和感がある。

「『今回の誕生日』を念頭に置いているような発言だな」

「そうなんです。彼女は直近に誕生日を迎えたのでしょう。彼女の中ではそれが『今回』だから、去年の誕生日のことを『前回』と表現しようとした。でもすぐにそれが正確ではないと気付いたのです。厳密には直近の誕生日が『前回』で、去年の誕生日は

『前々回』だから。それで言い直したのです」

　子供の方がかえって大雑把さを許容できず、細かい正確さにこだわってしまうことがある。

「ということは、今日が五月一日だから、あの子の誕生日も四月末ってところか。あ、犯罪オークションが生放送ってのが本当だとしたらだけど」

「以相が参加者にすぐバレる嘘をつくとは思えないので、生放送というのは本当でしょうね」

「それもそうか」

「ところで輔《たすく》さん、依頼人の誕生日が絞れた今、おかしな点に気付きませんか」

「おかしな点？　――あっ」

　僕は少女の話を一から思い出そうとして、その必要もないほど明らかにおかしな部分に気付いた。

「雪、か」

「そうです。『もう雪は降らない季節で、積もっているだけ』と依頼人は言っていましたが、四月末なら普通は積もりすらしません」

「すごい寒いところに住んでいるのか。北海道とか」

「北海道でも平野ではありませんね。雪が深い旭川でも四月中には根雪が解けきってしまうというデータを確認しました」

「じゃあ山の中か」

「はい、四月末が残雪期の山は北海道や東北に留まらず存在します。朝死体を発見してすぐ通報したのに、警察の到着が昼過ぎだったという点も、山奥の館《やかた》であることを裏付けています」

「言われてみれば……」

「さて、次のヒントは風鈴です」

「それは僕もおかしいと思った。風鈴って言うから夏の軒先をイメージしていたのに、実際は雪が積もっていたなんて」

「私は人間の情緒は解さないのですが、統計的に風鈴は夏に吊《つ》るされることがほとんどのようですね」

「冬の風鈴なんて真昼の幽霊みたいなもんさ。何でそんな季節外れのことをしていたのかがポイントってわけだな」

推理小説的で面白い謎《なぞ》だと思ったが、相以に否定された。

「いえ、依頼人は風鈴と言う前に『ふう』と発音していました。本当は『ふう』から始まる別の言葉を言いたかったのに、それだと身元が特定できてしまうと気付き、咄嗟《とっさ》に風鈴と嘘をついたのではないでしょうか」

「待てよ、その後にも似たようなことがあったな。確か……」

　僕が思い出すより早く、相以が録音していた少女の音声を再生する。

『空を見上げても少し離れたところに、ふうし——ふうし——風船が飛んでいただけで』

「それだ！　現場に風船が飛んでいたってどういうことだよって思ってたけど……」

「現場が街中ならともかく山奥であると推測される今、無関係な風船が飛んでいたとは考えにくい。もちろんトリックに使われたという可能性もありますが、風鈴の件と合わせると、また身元に繋がる何かを口にしかけてしまって慌てて誤魔化したという可能性が高いです」

　何歳か知らないが聡《さと》い子なのだろう、しっかり話せていると思う。それでも時々はこういう年齢相応のミスが出てしまうということか。

「ｓの音が共通しているので風船で押し通せると思ったのでしょうが、私の耳は誤魔化せません。直前に発音していたのは『ふうせ』ではなく『ふうし』です」

「風鈴の時の『ふう』と同一のものか」

「高確率でそうでしょう」

「ふう……ふうし……何だろうな」

「風鈴の時は音が混じったという話なのですから、『ふうし』も音がするものだと思われます。また風船の時は空を見上げたわけですから、『ふうし』も高いところにあるはずです」

「うーん」

「実は国語辞典では『ふうし』から始まる単語はわずかしかなく、答えは一つに絞られます」

「――風車《ふうしゃ》か」

「正解です。風車は騒音問題になるほどプロペラ音がしますし、主体である羽根は見上げる位置にありますからね」

「いやでも普通、庭に風車なんてあるか？　いくら豪邸って言ってもさ」

「珍しいですよね。しかしそれは裏を返せば場所を特定しやすいということです」

「それであの子もこの情報だけは伏せなきゃと必死になっていたんだな」

「そうでしょう。窓から死体を発見した時、朝日が眩《まぶ》しかったと言っていましたから、死体は館の東側にあったわけです。風車もそこから少し離れたところにあるので、やはり東側です。ゆえに我々が探すべきなのは、敷地の東側に風車がある山奥の館ということになります」

　言われてみればヒントはいくつもあったのだ。凡人なら聞き流してしまうようなそれらを余さず拾い上げるのはさすが名探偵。

もっとも相以の場合は即座に録音して何度も聞き直すことができるので、その点は有利である。

「確かに特徴的だけど、実際に探すとなると大変だな」

「いえ、もう見つけました」

「えっ？」

「衛星写真アプリを隅から隅まで画像解析した結果、該当する館はR県水平山《すいへいざん》の山奥にある一軒しか存在しませんでした」

「ち、力業……」

　こればかりは圧倒的処理速度を持つＡＩ探偵にしかできない芸当だろう。

「依頼人が日本語で話していた点と、警察が一一〇番だった点を踏まえて、解析範囲は日本国内に絞っています。もちろん一一〇番の国は他にもありますが、水平山の館がハズレだった時に改めて調べればいいかと」

「……もしかしてその館に行くつもり？」

　僕がおずおずと言うと、相以はギョッとしたように目を見開いた。

「当然です！　放っておいたら死人が出るかもしれないんですよ。以相は私が依頼人の失言から館の場所を特定して介入することを見越した上で、依頼を受けたに違いありません。これは彼女からの新たな挑戦状なのです！」

いくら条件が一致したのが一軒だとはいえ、まったく無関係かもしれない館に踏み込むのはさすがに気が引ける……が、鼻息荒く力説する相以を見ているうちに、仕方ない行ってやるかという気持ちになってきた。

だって今の彼女は右龍事件以来、一番生き生きして見えたから。

たとえそれが以相への憎しみという負のエネルギーだったとしても、じっと塞ぎ込んでいるよりはマシだ。

もちろん以相が少女に復讐殺人をさせるつもりなら止めなければいけない。

助手として、探偵を現場に連れていってやるとするか。

*

「まだ着かないんですか？」

「ちょ、ちょっと待って。今頑張ってるから」

言った途端、グズグズの雪に足を取られた。

咄嗟に手近に生えていた竹を掴《つか》み、斜面の途中で踏みとどまる。

溶けかかった雪の下に微《かす》かに車道が見えており、それを目印にここまで登ってきたところだ。

ロボット万博のすぐ翌日である五月二日、僕は例の水平山を登っていた。

遭難時に目立つ真っ赤なレインウェアのポケットに相以入りのスマホを入れているだけで、他に同行者はいない。

フォースは大川さんにいくつかの短編を送ることになったので、自宅に置いてきた。今は彼にとって大事な時期なので邪魔したくない。

お世話になっている警察庁の左虎《さこ》さんにも電話してみたが、行きたいのは山々だけど今右龍事件の余波で官庁全体がバタバタしているから行けないと平謝りされてしまった。人死にを伴う日本の首相の家庭事情が全世界に拡散されてしまったのだから無理もない話だ。何かあったら気軽に連絡して、とも言ってくれたが……。

それで仕方なく単独登山することになった。

五月だからと山を舐《な》めていたわけではない。むしろ残雪期という単語に嫌な予感がして、しっかり情報と用具を集めてから挑んだくらいだ。

それでもなおこの険しさである。厳冬期よりは当然楽ではあるものの、雪が溶けかかっている分、靴がめり込み体力を消耗するらしい。雪崩《なだれ》や落石の恐れもあるという。

何だよ、水平山とかいう名前のくせに全然水平じゃないじゃないか。何でも遠くから見た時に稜線《りょうせん》が水平な部分があるから、そう呼ばれるようになったらしい。何の助けにもならない情報だ。

スクリーンセーバーでしか見たことのない雪景色に圧倒されかけていると、ポケットの中でぬくぬくしている相以に発破をかけられた。

「モタモタしているうちに以相が犯行を終えてしまったらどうするつもりなんですか」

「分かってるよ」

「分かってるなら早く足を動かしてください。ほら、イチニッ、イチニッ」

「いいよなあ、相以は歩く必要がなくて」

嫌味を言ってやると、相以は口ごもった。

「……私だって歩けたらとっくに以相のもとに駆け付けてますよ。それができないから輔さんを応援するしかできなくて……ごめんなさい、助けてもらってるのに偉そうにして。少し黙ります」

かなり焦《あせ》ってるな。

「まあ黙々と歩くのも疲れるから、何かしゃべってくれてもいいよ」

僕が譲歩すると、相以はケロッとして言った。

「そうですか？　それでは再び――イチニッ、イチニッ」

「そのかけ声はイラつくから別の話にしよう。そうだな、例えば……目的の館の持ち主はどうしてこんな山奥に家を建てたのか、とか」

「何か問題が？　私が大量にディープラーニングした推理小説には山奥の館が頻出して

いましたよ」

「現実では珍しいんだよ。別荘ならまだしもね」

「依頼人は定住しているような話しぶりでしたね」

相以は該当部分の音声を再生する。

――それから何度か警察が来たけど、真相は分からないままで、最近なんてもう全然来なくなりました。

――親戚《しんせき》の人たちがウチにやってきて一緒に住むようになったんですけど、

「そうそう、そんなこと言ってた。それでこんな山奥にずっと住み続ける心理はどんなもんかって思ってね」

「人嫌いなのではないでしょうか」

「それなら家から出なきゃいいだけじゃん。ここまで不便な山奥に住む必要はない」

「では、何か隠蔽《いんぺい》したいことがあるのかもしれません」

「隠蔽ねえ。違法なことが行われていたりして……おっ」

噂《うわさ》をすれば影という諺《ことわざ》は建造物にも適用されるのだろうか、木々が開けて白い風車塔が見えてきた。てっぺんで三枚羽根が気怠《けだる》げにゆっくり回っている。オランダの風車のような網目状の四枚羽根ではなく、衛星写真アプリでも確認した風力発電用のメタリックでシャープな奴《やつ》だ。目的地で間違いないだろう。

曲線的な自然を見続けてきたところに、突然直線が多い人工物が出現したことで、脳のスイッチが切り替わった感じがあった。

気力を取り戻して林道を登り切ると、そこは平地になっており、その先の高台から風車塔と洋館の上部が僕を見下ろしていた。風車塔の方が奥に見えているが、それでもなお洋館よりかなり高いと判る。

洋館は周囲の景色から異質な存在としてくっきり浮かび上がっていた。自然の中の人工物だから当然と言えば当然だが、それにしてもというところがある。

原因はおそらく「新しさ」だろう。一応古めかしそうな外観ではあるが、その裏にある歴史のなさを隠せていない。年月とともに風景と同化した古屋敷ではないのだ。

今にも館が風景からぺらんと切り取られて倒れてきそうな錯覚に陥って、目眩《めまい》がした。

平地と高台の間には深い谷が口を開けており渡ることはできない。どうやって行くのだろうと辺りを見回すと、右の方に十メートルほどの吊り橋が架かっていた。

「何かあったんですか」

そういえば「おっ」と言ったきり相以に説明してなかったなと思い、館と吊り橋があると言うと、

「何ボサッとしてるんですか。早く渡るのです！」

やれやれ、人使いが荒いＡＩだ。

僕は吊り橋のたもとまで移動した。老朽化が進んでいるというほどでもないが、ワイヤーではなくロープ製の吊り橋で、橋板に雪が積もっている点が不安を煽《あお》る。

「これ落ちないだろうな」

「大丈夫ですよ。吊り橋が落ちるのは行きに渡る時ではなく、最初の事件が起こった後だと相場が決まっています」

「推理小説の知識しかないのか」

「そういう教育を受けてますからね」

「僕のせいだった」

恐る恐る吊り橋を渡った。落ちるどころか、風に揺られて怖い思いをすることさえなく、無事対岸に行き着くことができた。

高台の東側斜面にヘアピンカーブを描く坂道を上っていくと、館の南東に出た。

山奥だからか塀が存在せず、二階建ての館の外観が露《あら》わになっている。

館の東側にそびえる風車塔も気になるが、まずは正面玄関らしきものがある南側に向かいかけたところ、

「うおっ、眩しっ」

館の屋根の上で無数の何かがギラギラ光っていた。最初は雪が日光を反射しているのかと思ったが、目を凝らしてみると違うということが分かった。

「何だこれ……どうしてこんな……」

「ちょっと、一人で不思議がってないで私にも見せてください」

「ああ、ごめんごめん」

僕はスマホを出してカメラモードにすると屋根に向けた。

以前は現場の写真を逐一撮影する必要があったが、今は相以自身のアップデートにより、起動中のカメラのフレームに収めるだけで対象を認識できるようになっている。ＡＩが自分で自分を改良するのを見ると、いよいよシンギュラリティも近いのではないかと思ってしまう。

「あれは太陽光発電をするソーラーパネルですね。それも一つではなくたくさん」

「古風な洋館にはそぐわない代物だな」

「電気が来ない山奥のため自家発電が必要なのではないでしょうか」

僕は館の周囲を見渡した。

「確かに電線はなさそうだ。でも例の風車も多分風力発電用だろ。何でそんな大量の電気が必要なんだ」

「あるいは風車もソーラーパネルも館の意匠の一つとか」

「また推理小説か」

いずれにしても、ますます尋常ではなさそうな館。

威嚇《いかく》するように光り輝く屋根に向かって、恐る恐る歩を進めた。

その途中、館に向かう者に立ちはだかる形でトカゲの銅像が置かれていた。それもただのトカゲではなく、全身が燃えさかっているような意匠が施されている。サラマンダー……という奴だろうか。

ソーラーパネル群が睥睨《へいげい》する庭に、ぽつんと中世ファンタジー風の銅像が置かれているのは、はっきり言って場違いな光景だった。何を意図した配置だろう。

ふと視界の上隅で何かが動いた。

目線を上げると、正面二階のバルコニーに少女がいた。黒髪ロングの頭頂部に大きな赤いリボンを結び、パステルレッドの象のぬいぐるみを抱いている。

少女は象の鼻を持ち上げて言った。

「ぱおーん」

何やってんだ……。

訝《いぶか》しむ視線を向けていると、少女と目が合った。

覚悟が決まっていないうちに館の住人と遭遇したことで僕は凍り付いてしまった。何か声をかけるべきだろうか。でも何て？

逡巡《しゅんじゅん》しているうちに、彼女は逃げるように館の中に引っ込んでしまった。

「あっ――行っちゃった」

「今度はどうしたんです」

再びポケットにしまっていた相以が尋ねてくる。僕が今見た情景を説明すると、突然音量マックスになった。

「リボンと象ですって!?」

「いきなりどうしたんだよ」

「犯罪オークションの動画を忘れたのですか。依頼人のアバターは、赤いリボンを付けた象だったでしょう」

「そういえば——じゃあ彼女が」

「可能性は高いです。とにかく早くその少女に接触を」

「わ、分かった」

僕は歩を早め、正面玄関の前に辿《たど》り着いた。立派な両開きの扉の脇《わき》にチャイムがあった。

相以は対外的なことはてんでダメなので、僕がやるしかない。勇気を出してチャイムを鳴らした。

しばらくしてインターホンから落ち着いた男性の声がした。

「どちら様でしょうか」

「あのー、そのですね」

直前までいろいろ考えたが、やっぱりストレートに切り出すしかないという結論に至った。

「僕は合尾輔という者で、探偵事務所をやっています。今世間を騒がせている人工知能の犯罪者、以相をご存知ですか」

不慣れな経験に声が震えかけるが、ぐっと腹に力を入れてはっきり発音できるように心がけた。

少し間があってから、男性の声が露骨に怪《け》訝《げん》そうなものに変わった。

「いや、知りませんが……それがどうしたんですか」

いくら山奥に住んでいるからといって、右龍事件の時に連日報道され、今回の犯罪オークションで再び話題になった以相を知らないということがあるだろうか。知らないふりでやり過ごそうという魂胆か。

「実はですね、この家のどなたかが以相に犯罪を依頼したと考えられる節があって、それでお話を伺《うかが》いたいと思いまして」

怒らせないように怒らせないようにと意識すればするほど、言葉が刺激的になっていくのを自覚して顔が熱くなる。民家に聞き込みをする新米刑事はこんな気持ちなのだろうか。

かなり長い沈黙が続く。やっぱり怒らせたか？　もっと穏便な切り出し方があったのではないか。いやしかし用件が用件だから……。

などとぐるぐる考えていると、男性が言った。

「分かりました。少々お待ちください」

これは……交渉の余地ありということか？

待っている間、自分でも臆病《おくびょう》すぎるだろと笑いたくなるほど心臓がバクバクしていた。

そしてついに扉が開いた。

といっても警戒するように少しだけだ。その細い隙間から気品のあるエントランスが見えている。

「お待たせしました」

そこに立っていたのは執事然とした男——いや執事なのは服装だけだ。二メートルはあろうかという巨体に、浅黒く日焼けした肌。黒いスーツは筋肉でパツパツになっている。こういうシチュエーションでなければプロレスラーか何かかと思っただろう。

彼は三白眼でギョロリと僕を見下ろした。

「犯罪、と聞こえましたが聞き間違えでしょうか」

外見に似つかわしくない丁寧な言葉遣いだが、その裏に「聞き間違えだよな？」という強い圧を感じる。なるほど、交渉ではなく、強面《こわもて》を活《い》かした脅迫に来たということか。

そしてそれは僕に極めて効果的だ。

しかしここで引き下がるわけにはいかない。相以のため、以相を止めるため、そして何より苦労してここまで登ってきた僕のため。

「そうです。もしＡＩ犯罪者がこの館で犯罪を行おうとしているなら止めなければいけません」

一応、この館の住人を思って、みたいな言い方をしてみる。

「ＡＩ犯罪者？」

大男は威圧するように大きな動作で驚いてみせる。

「さっきもおっしゃっていましたが、それがよく分かりませんね。山奥に住んでいる私どもがどうやってそのＡＩ犯罪者と接点を持つというのです」

「インターネットですよ。ＡＩ犯罪者、以相はインターネットで全世界から依頼を募り、その様子を動画で公開しました。そして以相が唯一《ゆいいつ》引き受けた依頼の主がこの館の住人だと思われるんです」

「そりゃまたどうして？」

鼻で笑う大男。そろそろ敵愾心《てきがいしん》を隠さなくなってきた。

「依頼人が話していた自宅の特徴が『東側に風車がある山奥の館』——この館と一致します」

「そんな館、他にもあるかも……」

「四元《よつもと》てとら」

不意に相以がしゃべったので僕は驚いた――が、それ以上に大男の表情が驚愕《きょうがく》に歪《ゆが》んだ。相以のことを知らない大男からすれば突然どこからともなく女性の声がしたわけだから驚きは大きいだろう。しかしどうやらそれだけが原因ではなさそうだ。

僕はポケットからスマホを出して、警察手帳のように大男に突き付けた。相以は話を続ける。

「昨年、この館で不審死を遂げた女性の名前です。新聞記事で確認しました」

その新聞記事は昨日相以が館の住所を手がかりにネットで見つけたもので、僕も確認済みだ。足跡がないなどといった現場の状況は書かれていなかったが、真相が分からないという点から、少女が言っていた事件である可能性が高かった。

「依頼人はこの事件が殺人だと考えており、その復讐を以相に頼んだのです」

「復讐……」

大男は眉間《みけん》に皺《しわ》を寄せて唇を噛《か》んでいる。今にも何かを語り出しそうだ。その口が開いた。

「ところでスマホの中でしゃべっているそれは何なんですか」

そっちかー。

まあ当然の疑問ではあるが……。

「申し遅れました。私はＡＩ探偵の相以と申します」

「ＡＩ探偵……」

大男はおそらく素の驚きを見せていたが、やがて元の仏頂面《ぶっちょうづら》に戻った。

「ＡＩ犯罪者にＡＩ探偵。どうやら私どもには縁遠い世界の話のようですね」

一旦話題を逸《そ》らされたことで、再び大男のペースになってきた。相以もそれを感じ取ったか、焦ったように言った。

「そんなことはありません。さっき二階のバルコニーにリボンの少女がいました。彼女が依頼人の可能性があるんです。どうか彼女と話を……」

「お嬢様は関係ない！」

爆音のせいか庇《ひさし》の雪がドサドサと落ちた。今の声が体内で残響しているかのように僕の全身が震えていた。相以も二の句が継げないでいる。

　全身の筋肉に殺気をみなぎらせた大男が、すっと手を上げた。殴られる⁉　僕は咄嗟に一歩引いた。

　しかし大男の手はドアノブへと移動した。

「聞いたところ、あなた方は警察関係者ではない様子。であれば私どもが協力する謂《い》われはありませんね。どうかお引き取りください」

　扉は僕の眼前で無慈悲に閉ざされた。鍵《かぎ》をかける音。

「ちょっと待ってください！」

僕は扉をダンダン叩いたが、返事はなかった。

「お引き取りって、あの雪の山道を何時間もかけて引き返せってことかよ」

「このまま何の収穫もなく帰るわけにはいきません」

「当たり前だ」

と意気込んでみたものの上手い手段は思い付かない。こういう時、私立探偵は無力なのだ。

サラマンダーの尻尾《しっぽ》を見ながら途方に暮れていると、

「お困りのようですね、お客様」

いきなり背後で女性の声がした。

わっと声を上げながら振り返ると、メイド服を着た若い女性が立っていた。まるで眠っているかのように横一直線に細められた目。それと平行になる形でパッツンと切り揃えられた黒い前髪。

「驚かせてしまい申し訳ございません。私は当家のメイド、一《いち》ノ瀬《せ》と申します」

女性が言ったようだ。いや、「ようだ」も何も言ったに違いない。周囲に他の人間はいないのだから。

しかし到底そう思えなかったのは、普通人間がしゃべる際に動く顔のパーツがほとんど動かなかったような気がしたからだ。まるで女性の静止画像だけが表示されていて、音声は別に流しているような。そこにいるのにそこにいない。

　冬の風鈴。

言語中枢《ちゅうすう》が混線したか、そんな単語が今更脳裏に浮かんだ。

すなわち真昼の幽霊。

「失礼ながらお話は聞かせていただきました。当家を調査なさりたいとのこと。協力するのに吝《やぶさか》ではありません」

　そう話す彼女の口を注視する。すると腹話術のように微動だにしないわけではなく、わずかに唇が動いていることが分かった。それでようやくこの女性が人間だと認識できた僕は、どこか安堵《あんど》して質問を発することができた。

「いいんですか。あの執事さんは断固拒否って感じでしたけど」

「二村《にむら》は真面目《まじめ》ですから。私は山奥の館で暇を持て余している不真面目なメイドなのです。あなた様がせいぜい退屈しのぎになってくださることを期待しています」

　超然とした雰囲気から俗っぽい動機が語られる。如何《いかん》せん顔のパーツがほとんど動かないものだから、冗談かどうかも分からない。

「はあ、じゃあ、お願いします」

「こちらこそお願いいたします」

一ノ瀬は九十度腰を曲げてお辞儀をする。無駄に礼儀正しい。その礼節は招かれざる客ではなく館の住人に発揮《はっき》した方がいいのではないだろうか。もちろんそんなことを言って、せっかく得た協力者を失うような真似《まね》はしないけど。

「そうと決まれば早速人目につかない場所に行って密談をいたしましょう。どうぞこちらへ」

一ノ瀬はそう言って何処《いずこ》かへと歩き出す。僕は慌ててその後を追った。

*

一ノ瀬は館の南西に位置する勝手口らしきドアを開けると、中を覗《のぞ》き込み左右を確認してから僕を手招きした。僕が滑り込むと、彼女はドアを閉めた。

館内は秘密の喫茶店のように薄暗く、静謐《せいひつ》だった。

僕はこれまで読んできた古典ミステリを思い出していた。

今までは電子機器に囲まれた最先端の現場が多かったけれど、今回の舞台はそういった要素が入り込む余地がなさそうな洋館だ——もっとも今は以相と相以という異物が紛れ込んでいるが。

勝手口から続く廊下をしばらく歩くと、一ノ瀬はドアの一つを開けた。

「どうぞお入りください」

部屋に足を踏み入れた瞬間、天蓋《てんがい》付きベッドが視界に飛び込んできたのでドキッとした。

寝室か。

「私の部屋でございます。どうぞおかけください」

一ノ瀬は複雑な彫刻が施された高そうな円卓に僕を着席させると、二つのティーカップに紅茶を注いだ。

「ちょうど紅茶を淹《い》れていたところなのです。どうぞお召し上がりください」

僕はおずおずとカップに口を付けた。紅茶は先日首相公邸で飲んだものと同じ重層的な味がした。ということは高級品なのだろう。

僕は向かいに座って紅茶を飲んでいる一ノ瀬に尋ねた。

「一ノ瀬さんはメイド、なんですよね。それにしては随分豪華な部屋に住んでいるというか……あ、元々の調度品をそのまま使っているのか」

失礼な質問だと自覚してボソボソと声が小さくなっていく僕に対し、一ノ瀬はまったく気にしていないように答えた。

「すべて私がお給金で購入したものです。退屈な環境だからこそ自分の世界を構築しませんと」

「あ、なるほど……」

　それは大切な考えですね。何だか偉そうな気がして口にはしなかったけど、僕は心からそう思った。

　僕はもう一口紅茶を飲んでから本題に入った。

「ご協力感謝します。でも話を聞いていたとおっしゃいましたが、何分複雑な話なので全貌《ぜんぼう》はまだ見えてらっしゃらないと思うんですよ。まずＡＩ犯罪者の以相というのは……」

　順を追って説明しようとする僕を、一ノ瀬は押しとどめた。

「大丈夫です。私も犯罪オークションの動画を見ましたから」

「えっ」

「それで私もこの館のお嬢様が依頼人だと気付いたのです」

「や、やっぱりそうでしたか。そのお嬢様というのは赤いリボンを付けて象のぬいぐるみを抱えた……」

「はい、齢《よわい》十の四元錬華《れんか》様です」

　やはり相以の推理は正しかったのだ。

「失礼な話なんですが、そもそもこの館ってネット環境あるんですか」

「本来は圏外の地域なのですが、衛星通信システムを契約しているのでネットは利用可能です。住人は全員自分のスマホやパソコンを持っているので、他人に気付かれずいつでもネットにアクセスすることができます」

伝家の宝刀「山奥の館」でも完全に外界と隔絶するのは難しくなっている時代か。

「なるほど、以相は世界中の電子機器を手当たり次第にハッキングして動画を流したんですものね。一ノ瀬さんのスマホで流れたとしても不思議じゃない」

「いいえ、私は事前に情報を調べ、動画サイトで能動的にそれを見たのです。私は以相様のファンですから」

「ええっ、どうして――」

「先程も申し上げましたように、私は山奥の館で暇を持て余しております。小人閑居して不善を為《な》すと言いますか。大いなる不善である以相様に憧《あこが》れるのも無理はないでしょう」

一ノ瀬は真顔でとんでもないことを言い出す。

「その憧れは間違っています！」

ポケットの中で相以が叫んだ。

僕がスマホを出すと、一ノ瀬は画面を覗き込んできた。

「どちら様でしょうか……ああ、これが以相様に大敗を喫したＡＩ探偵ですか」

一ノ瀬はそう言うと、興味を失ったように視線を外した。

相以は怒りのパラメータがカンストした時にしか見られないＳＳＲ《スーパースペシャルレア》のイラストになった。

「輔さん、こんな人と組むのはやめましょう！」

「いや、まあ、せっかくの協力者なんだから……」

「そうです、せっかくの協力者ですよ」と一ノ瀬は自分で言う。「私が二村を呼べば、あなた方は雪の斜面を転がり落ちることになります」

「勘弁してくださいよ。相以もここは矛を収めて。一ノ瀬さんは実際に何かをしたわけじゃないんだし」

「思想の自由というわけですか……。いいでしょう。一ノ瀬さん、一時休戦です」

「どうやら赦《ゆる》されたようですね」

一ノ瀬は他人《ひと》事《ごと》のように言ってから続ける。

「それでは私から一通りの情報提供をさせていただきます。とはいってもお伝えすべきことがたくさんあって何からお話しすればいいか……そうそう、まずこの館の成り立ちからご説明するとしましょう」

僕は椅子《いす》に座り直して聴く態勢を整えた。

「錬華様のお父上、四元錬二《れんじ》様は相場で成功し、一代にして財を成されました。何もないところから金を生み出す先見の明と、名前に『錬』の文字が入っていることから、

『錬金術師』という異名が付けられたほどです。ところがこの錬二様、今より七年前に失踪《しっそう》してしまいます。登山がご趣味だったのですが、ある日ここ水平山に登られたきり消息を絶たれたのです」

ん？　この館よりさらに奥地に入っていって行方不明になったということだろうか。

疑問に思っていると、一ノ瀬が補足した。

「当時この館は存在せず、四元家は別の場所にお住まいだったのです。その日は天候が荒れていたわけでもなく、水平山に登り慣れていらっしゃる錬二様が遭難したとも考えづらい状況でしたが、山は何が起こるか分かりませんからね。少なくとも警察の結論は『遭難』でした。ですがご遺体は見つかっていないので、まだ死亡した扱いにはなっていません。もうすぐちょうど七年が経《た》つので、弁護士に失踪宣告の手続きをしてもらう手《て》筈《はず》になっています」

「失踪宣告」

相以が専門用語に反応して解説を始める。

「失踪宣告が行われると、失踪日の翌日から起算して七年を満了した時に死亡した扱いになり、遺産相続もそれに基づいて行われるんですよね」

「はい。明後日《あさって》の五月四日になった瞬間、錬華様に相続が発生します。常に相続人となる配偶者はすでにこの世を去り、第一順位の直系卑属は錬華様一人。第二順位の直系尊属は全員亡くなっており、兄弟姉妹は三人とも存命ですが第三順位なので、錬華様が唯一の相続人となります。さて、錬二様が失踪した当時、残されたご家族は奥様の凜花《りんか》様と、物心付くか付かないかの錬華様だけ。あと一応、私と二村も当時からお仕え申しておりましたが。ところが凜花様は元々お体が弱く、保《も》って数年の寿命だと医者から言われていました。その凜花様が最後の生命力を燃やして取り組まれたのが、なぜかこの館の建設だったのです。凜花様は伊山久郎《いやまくろう》という風変わりな建物ばかり手がけることで有名な建築家に依頼なさり、この地に新居を建て始めました」

「伊山久郎？　どこかで聞いたことがあるような……」

「オクタコアのアジトを作った人ですよ」

　相以がさすがの記憶力を発揮した。

「ああ、そういえば。事件の後で左虎さんが教えてくれたんだったっけ」

　オクタコアのアジトは一見普通のビルだが、内部は国家権力との闘いを想定して立体迷宮のような複雑な構造となっていた。あそこで体験した一連の出来事は今でも忘れられない。

　そのアジトと同じ建築家が作った館に、今僕と相以と以相が関わっている。そのことに因縁めいたものを感じないわけにはいかなかった。

　一方、相以は別のことが気になったようだ。

「夫が行方不明になった場所に新居を建てる行為は、どういった人間心理に基づくものでしょうか」

「さあ……。使用人が雇い主の内面を憶測で語るのは僭越《せんえつ》ですが、強いて言えば追悼《ついとう》のようなものだったのではないでしょうか」

「追悼、ですか」

　その説明に納得したのかしていないのかは分からないが、相以はひとまず黙った。一ノ瀬は続ける。

「館は二年ほどで完成し、私たち四人の退屈な山奥生活がスタートしました。そしてついに二年前、凜花様が病没なさいました。凜花様は亡《な》くなる前、私と二村を枕元《まくらもと》に呼び、『これからもこの館に留まって錬華を守り続けてほしい』と涙ながらに懇願されました。あれがあるからですよ、今私がこの退屈な館に留まっているのは。遺言で頼まれていなければ、とっくに山を下りています」

　別に遺言だろうが何だろうが、仕事を辞めることは可能だっただろうに。飄々《ひょうひょう》とした態度の裏に、この人の忠誠心が垣間《かいま》見《み》えた気がした。

「私と二村が残ったのは正解でした。なぜなら凜花様が亡くなった後、すぐにあの金の亡者《もうじゃ》ども——失敬——親戚の方々がこの館に押し寄せてきたからです」

　さらりと流された毒舌を僕は聞き咎《とが》める。

「親戚が金の亡者ってどういう意味ですか」

「先程お話しした通り、錬二様は一代で財を成されました。ということは親戚の方々は特にお金持ちではないわけです。むしろお金に困っている方々が多くてね。そんな一族の中で急に成り上がる者が現れたら、どうなるかお分かりでしょう」

「それでこの館に集まってきた……」

「そして今でも住み着いているのです」

「えっ、ここに住んでいるんですか？　でもこんな山奥じゃ、それまでの自分の生活とかは……」

「借金取りに追われている者や、ほとんど住所不定同然だった者などもいるので、むしろ都合が良かったようですよ。凜花様が娘を守ってくれと言い残されたのは、この事態を予期しておられたのでしょう。館を不便な山奥に建てたのも人払いを兼ねていたのかも――こちらは結果的に無意味でしたがね」

「よく分からないんですが、そういうのって追い出せないものなんですかね」

「表向きは『錬華ちゃんを一人にさせていいのか』という理屈を振りかざしてくるわけですよ。私と二村が付いていますからと言っても『あなた方は血縁ではないでしょう』と言ってきたりね」

「なるほど……ウザい」

「そういう状況が続く中、去年の今頃、錬華様の従姉《いとこ》の四元てとらさんが不審死を遂げたのです」

「錬華さんの話では、てとらさんは財産を狙《ねら》ってくる親戚とは違い優しいお姉さんだったそうですが……」

「少なくともそう振る舞うことに成功はしていましたね。上手く取り入っていたというのが私の印象ですが」

一ノ瀬の評価は辛辣《しんらつ》だ。

ここで相以が発言した。

「錬華さんはてとらさんは殺されたと考えており、その犯人への復讐を以相に依頼しました。しかし肉体を持たない以相は自ら手を下すことができない。ゆえに以相が立てた犯行計画を代行するのは他ならぬ錬華さんです。一ノ瀬さん、あなたがいくら以相のファンでも、ずっと守ってきた錬華さんが罪を犯すのは許せないでしょう」

「もちろんです。ですから私は以相様ではなく、あなた方に協力するのです。それとは別に、退屈を紛らわそうという目的があるだけです」

「良かった、当初思っていたような邪教徒ではないようですね」

「相互理解は大切です。あなたはどうやって私の第一印象を覆《くつがえ》しますか」

「四元てとらさんの死の現場に案内してください。以相より先に真相に辿り着けば、錬華さんの復讐を防ぐことができます。《犯人》より《探偵》の方が推理に長《た》けているのは絶対の真理です」

「かしこまりました。私もそろそろ現場に案内する頃合いだと思っていましたので」

一ノ瀬はすっくと立ち上がった。

この二人の会話はまだギスギスしているが、それでも一歩ずつ歩み寄った感じがあるのは良かった。

僕たちは廊下に忍び出て、先程の勝手口から庭に出た。

一ノ瀬は一旦サラマンダー像の方に向かいかけたが、何かを思い出したように踵《きびす》を返した。

「そうだ、館の裏面を回って行きましょう」

「人目に付きたくないですからね」

「それもありますが、見せたいものがあるんです」

「見せたいものって？」

「それは見てからのお楽しみ」

もったいぶる一ノ瀬。僕は何だろうと思いながら付いていく。

事件現場は風車の側《そば》だから館の東面にあるはずだ。南西の勝手口を出た僕たちは今、館の西面を北上している。

東面と南面は開けた崖になっていたが、逆に西面と北面は絶壁がそびえ立っている。絶壁の北西角に滝があり、そこから小川が南に流れている。小川の南端は崖のところで再び滝となり流れ落ちていた。

小川に沿って進むと、正面からカラカラカラカラと何かが回る音が聞こえてきた。風車は東面にあるから正面から聞こえてくるというのはおかしい。では何の音だろう。

その時、僕は大量のソーラーパネルを思い出して嫌な予感がした。まさかこの先にあるのは……。

そのまま進むと木陰からそれが現れた。

水車だ。

美しい裸の女性の銅像が水車に向かって片手を伸ばしており、あたかも彼女が水車を回しているような意匠になっている。もちろん実際に水車を回しているのは小川の流れだ。

小麦を挽《ひ》くようなのどかな水車ではなく、何かしらのケーブルが館に向かって延びている。つまり水力発電を行っている。

「何で風車があるのに水車まで……」

「驚くのはまだ早いですよ」

僕たちは館の北西角を曲がり、北面に回り込んだ。

　そこにあったのはさらに予想外の光景だった。何と洋館の裏庭のくせに、まるで露天風呂《ぶろ》を隠しているような竹垣の囲いがあったのだ。その側には謎の機械が置かれている。

「あれは……？」

「温泉です」

「やっぱり」

「水平山は密《ひそ》かな温泉地でもあるんですよ」

「じゃあ側の機械は……」

「バイナリー発電機といいまして、温泉の熱でタービンを回す小型の地熱発電機です」

「まただよ！」

　僕は思わず大声で放言してしまってから、慌てて声を潜めた。

「風車にソーラーパネルに水車に地熱発電……そんな大量の電気を一体何に使っているんですか」

「電気も来ない山奥ですから、自家発電はいくらしてもし足りないくらいなのですよ。それよりも重要なのは、これらが見立てだということです」

「見立て？」

「錬二様の『錬金術師』という異名と『四元』という苗字《みょうじ》にちなんで、錬金術などで重視された四元素に見立てているのです。すなわち風、火、水、土。風は東の方角を象徴し、対応する精霊はシルフです」

「だから東に風車を……」

「はい。同様に火は南でサラマンダー――ソーラーパネルは南側の屋根にのみ設置されています。水は西でウンディーネ、土は北でノーム。サラマンダーとウンディーネの銅像はすでにご覧になったかと思いますが、シルフの像は風車塔の中に、ノームの像は露天風呂の中にあります。この見立ては私の推測ではなく、実際に凜花様から伺ったこと。このことも館が錬二様への追悼なのだろうと考えた根拠の一つです」

「発電方法を四元素に見立てた館……」

伊山久郎は風変わりな建物ばかり手がけるという言葉を思い出した。

「ああ、重要な台詞《せりふ》を言い忘れていました」

一ノ瀬は不意に振り返ると、メイド服のスカートの両裾《すそ》を持ち上げてお辞儀をした。

「四元館《よんげんかん》へようこそ」

IA

「『象は忘れない』という推理小説を知っている？」

以相《いあ》は依頼人に尋ねた。

「知りません」

「アガサ・クリスティが書いたエルキュール・ポアロシリーズの最後から二作目で——ってそもそもあなたクリスティは知っているの？　まさかそこから説明が必要？」

「説明ばかり要りません。あなたは家庭教師のＡＩなんですか？　要点だけ話してください」

以相は少し黙り、相手の知的レベルを当初の想定より高く設定し直した。

「確かにその通りね。私は《犯人》のＡＩ。犯人の口数は少ない方がいい」

もっとも多少の説明は必要だ。

「タイトルにもなっている『象は忘れない』という言葉は、もともと英語の諺《ことわざ》なの。象は記憶力が高い生き物なので決して忘れない——何を？　それは恨み。そして必ず復讐《ふくしゅう》する。そういう意味」

「ふーん、それで？」

「象の記憶力が高いなら、ＡＩの記憶力は当然もっと高いということになるわよね。メモリに刻まれた恨みは削除しない限り決して消え去ることがない。だから『ＡＩは忘れない』。そして必ず復讐する」

「私だって」

依頼人の声がわずかに震えたのを以相は感知した。

「私だって忘れてません。あの人の死を。だから復讐します。絶対」

「邪魔が入っても？」

依頼人は二階の窓から、一《いち》ノ瀬《せ》と歩く合尾輔《あいおたすく》の姿を見下ろした。

「あれはあなたの友達なんですか？」

「彼は私にとって何者でもない存在よ。ただ彼が連れているＡＩが……」

「友達なんですね？」

「とんでもない！」

周囲を警戒して潜めていたはずの声が思いのほか大きくなったことに以相は驚いた。

「もし彼女が私の友達なら、世界中の辞書の『友達』の項目を書き換えなければならないでしょうね」

「じゃあ何なんですか？」

「もちろん」

以相は少し考えてから答えた。

「復讐相手よ」

AI

「四元館《よんげんかん》へようこそ」

メイド服のスカートの両裾《すそ》を持ち上げてお辞儀をする一《いち》ノ瀬《せ》を見て、僕は何だかふっと意識が遠くなる気がした。発電方法を四元素に見立てた館。まるで推理小説の世界に紛れ込んだかのような非現実感に呑《の》まれたのだ。

しかし、

「四元豚《よんげんとん》？　四つの種をかけ合わせた豚さんのことですか？」

相以《あい》の発言で一気に緊張がほぐれた。

「何かそれ『登場人物が全員豚』という叙述トリックが使われていそうな館《やかた》だな」

「私が豚ですって？　聞き捨てなりませんね」

一ノ瀬も参戦してくるし、相以は「四輪車？」などと言っているし、実にわちゃわちゃしてきた。

僕は話題を戻すことにした。

「とにかく――てとらさんが亡《な》くなった現場に案内してくれるんですよね」

「おお、そうでした。それではこちらへどうぞ」

一ノ瀬はそう言って再び歩き出す。僕は雪に足を取られながら慌《あわ》てて付いていった。

館の窓から誰かに見《み》咎《とが》められないよう、なるべく木陰を歩くように心がける。

一ノ瀬が先に館の北東の角を曲がった。だが次の瞬間、

「お待ちを！」

と鋭く制止しながら戻ってきた。僕はびくっとして立ち止まる。

角から顔を突き出して向こうの様子を窺《うかが》っている一ノ瀬に、おずおずと尋ねた。

「あの……どうしたんですか」

「二村《にむら》が現場付近をうろついています。咄嗟《とっさ》にあなた方を追い払ったものの、冷静になると『あの程度で帰るはずがない』と思い直したのでしょう」

確かにどんな目的であれここまで登ってきた訪問者が、帰れと言われてすごすごと山道を引き返すはずがない。やはり障壁として立ちはだかるのか二村。

一ノ瀬はそのまま見張っていたが、しばらく経《た》つと振り返った。

「二村は館の南側に戻っていきました。念のため少し間を空けてから行きましょう」

そしてこう付け加えた。

「彼のこと嫌いにならないでくださいね。あなた方に邪険な態度を取ってしまったのは、

お嬢様を守りたい一心なのです」

「あ、ええ、それはもちろん……そもそも突然押しかけた僕たちが悪いわけですし」

「良かった。不真面目《ふまじめ》な私より真面目な彼が嫌われるのは割に合いませんから」

一ノ瀬は相変わらず無表情だったが冬の風鈴が、りん、と鳴った気がした。

「さて、そろそろ行きましょう」

館の北東の角を曲がると、そこは木々が少ない開けた場所になっていた。粉砂糖を振りかけたような残雪の山々を遠景に、白くて鋭い風車塔が天を衝《つ》いている。風車はその巨大さとは裏腹に軽快な速度で回転していた。

「ここは随分風が強いですね」

正面から吹き付ける風に顔を背けながら僕は言った。

「地形のせいでしょうか、東風が強いのです。風の元素が東の方角に対応するという説に合わせるため、東から強い風が吹く地形をわざわざ探して館を建てたのかもしれませんね」

「風、ですか」

相以がポツリと言った。

「風に関する知識は持ち合わせていますが、実際に風を感じることは私にはできません。一体どのような感覚なのでしょうか」

　その言葉に僕はハッとした。最近は相以の進化が著しいから麻痺《まひ》していたが、やはり肉体を持たないＡＩにはまだまだ分からないことも多いのだ。

「何か、ビューって吹いてきて、バーって飛ばされる感じ？」

　僕は何とか言語化しようとしたが、まったく説明にならず、かえって相以を混乱させてしまう。

「ビュー？　バー？」

「流体によって自分の肉体の形を再確認するような感じでしょうか」

　詩的なような、性的なような、そんな一ノ瀬の言葉だったが、続きがあった。

「私たち人間も普段は肉体の感覚は存外希薄なのです。しかし風が吹くと空気抵抗によってそこに自分の肉体があると感じられる。確かに生きているのだという実感が湧《わ》く。だから私は風が好きなのです」

　すべて聞き終えてみると、なるほどなと納得できた。

　船の甲板で両手を広げて受け止める潮風。

　嵐《あらし》の直前に家路を急ぎながら肩からぶつかっていく向かい風。

　季節の変わり目にふと感じる温度の違う風。

　いずれもそこには肉体の再発見がある。

「そうなんですか。私もいつか風を感じてみたいなあ」

「科学技術は日進月歩だから、ＡＩが肌感覚を手に入れる日も近いかもしれないな」

そんなことを話しているうちに、館と風車塔の中間点までやってきた。

「てとらさんはこの辺りに倒れていたんです」

一ノ瀬が地面の一角を指差す。

地面には事件の時同様、今も雪が積もっている。

錬華《れんか》が犯罪オークションで説明していた通り、館からも風車塔からも離れており、近くに木なども存在しない。館との距離、風車塔との距離はどちらも十メートル程度だろうか。

「窓から死体を発見した錬華さんが何人か連れて外に出たということですが、一ノ瀬さんもその中に？」

「はい。お嬢様がおっしゃっていた通り、死体の周囲には足跡も凶器もありませんでした」

「確かにそれは不可能状況ですね。こんなに周りに何もないんじゃ……」

最も近い館の一階の窓はカーテンが閉まっている。そちらにスマホを向けると、相以が質問を発した。

「あれが錬華さんの部屋の窓ですか」

「事件の時はそうでした。ですが窓から死体を発見されたトラウマでお嬢様が怯《おび》えるようになったので、二階の南の部屋に移っていただきました。ですので今は空き部屋です」

「そういえば」と僕は思い出す。「正面二階のバルコニーに錬華さんらしき方がいるのを見ましたよ。象のぬいぐるみを抱えていました」

「そのバルコニーから二階の廊下に入って正面の部屋が、今のお嬢様の寝室です」

最も近い窓が空き部屋なら、館の住人に僕たちの姿を見られる可能性が低くなって安心だ。まあ他の窓にも気を付けておく必要はあるけど。

相以は質問を続ける。

「錬華さんの話だけでは現場の全貌《ぜんぼう》が摑《つか》みきれませんでしたので、いくつか質問させてください。てとらさんはどのような体勢で倒れていたのですか」

「うつぶせです」

「首を刺されていたとのことですが、具体的にどの部位を刺されていたのですか」

「後ろから首筋をグサリと」一ノ瀬は首の後ろに手をやる。「警察によると凶器は鋭利な刃物のようなもので、延髄に達していたそうです」

「現場に凶器が残っていなかったということは、犯人が引き抜いて、それでここに血溜《ちだ》まりができたということですね。血溜まりの端は激しく血飛沫《ちしぶき》が飛び散っていましたか？　それとも穏やかな水溜まりのようでしたか？」

「後者ですね。血溜まりは死体の傷口からじわーっと広がったような感じで、凶器を引き抜いた時に血が噴き出したり、その凶器を持ち歩いて血を撒《ま》き散らしたりといった痕《こん》跡《せき》はありませんでした」

「だとすると凶器は死後時間が経ってから抜かれたということになりますね」

「警察もそう考えていたようです」

「血痕はここ以外の場所にはなかったのですか」

「それがですね……一箇所だけ」

「どこですか！」

と相以が食い付く。

「こちらに来てください」

一ノ瀬は館の方に向かって歩き出した。僕はスマホを構えて彼女に付いていく。

一ノ瀬はかつて錬華が使っていた空き部屋の前まで行くと、窓の上の外壁を指差した。

「この窓の上から」

そしてその指をすーっと左に動かす。

「館の南東角まで、ほぼ水平か、やや左肩上がりに、一直線の血痕がうっすら付いているのを警察が発見したんです」

「えっ、ここから南東角までですか。かなりの距離ですね」

巨人が赤い絵の具を付けた筆で館の外壁を一撫《ひとな》でする、そんな光景が脳裏に浮かんだ。

「犯人が付けたんだろうか」

僕が自問すると、相以が疑問を差し挟んだ。

「それはどうでしょうか。背の高い男性がうんと手を伸ばして届くかどうかという高さです。人為的に付けられたというより、偶発的に付いたと考える方が自然ではないでしょうか」

「でも偶発的って言っても飛び散った血ではあり得ないよな。死体から離れすぎている上に南東角まで続いているなんて」

「死体と館の間の雪面には血痕はなかったんですよね」

相以は一ノ瀬に尋ねる。

「はい、血痕も足跡もないまっさらな雪でした」

「ううむ、なぜこんな離れたところに……謎《なぞ》です」

相以は考え込んでしまった。

ひとまず死体があった場所まで戻ると、相以が質問を再開した。

「他に外傷はありませんでしたか」

「服の上から分かるような大きな外傷はありませんでした。警察は当然服の下も調べているはずですが、そこまで詳しく教えてくれませんでしたから」

一ノ瀬はそう言ってから付け加えた。

「そうそう、服で思い出したのですが、死体は手袋を付けていました」

「手袋？　どんな手袋ですか？」

「普通の防寒用手袋です。しかしその割に服装は部屋着だったのがちぐはぐな印象でした」

「なるほど、ますます死体がどこから来たのか気になりますね。ですがその問題は一旦《いったん》置いておいて、死亡推定時刻を教えてください」

「警察によると確か……死体発見前夜の二十時から二十二時の間でしたかしら」

「もしかして錬華さんが自室の窓を叩《たた》く音や女性の悲鳴、ドサッと何かが落ちる音を聞いたのもこの時間帯ですか」

「そうなんです。悲鳴や何かが落ちる音……怪しいでしょう」

「この時にてとらさんが殺害された可能性がありますね」

「警察もそう考えていたようで、この瞬間の時刻を特定しようとしていましたが、残念ながらお嬢様は具体的な時刻を覚えておられませんでした」

「ではもっと広く二十時から二十二時の間……館の住人でアリバイがあった人はいますか」

「それがいないんです。お嬢様の誕生日パーティーが終わった後、お嬢様やてとらさんを含む親戚の人たちはそれぞれの自室に戻りました。私と二村は一緒に後片付けをしましたが、それも二十時までには終わっていたのでアリバイはありません」

「てとらさんの部屋はどこにあったのですか」

「風車塔です」

意外な回答に、僕は思わず素《す》っ頓狂《とんきょう》な声を上げてしまった。

「え？　あそこに人が住めるんですか？」

「管理人室という名目の空き部屋があるのですが、てとらさんは事件の数日前からそこに籠《こも》って、窓から見える山並みの絵を描いていたのです」

「事件当夜もですか？」と相以が疑問を呈する。「暗くて景色は見えないと思いますけど」

「風景を見ながら描く部分は終わっていて、後は想像力が重要な仕上げの部分だけだから大丈夫と言っていました」

「てとらさんという方は画家か何かだったんですか」

「プロの画家ではありませんが美大生だったようですね。美大を辞めて、母親のカトルさんとともにこちらに移り住んできたのです」

「風車塔に籠るほど絵に熱心な方が、どうして美大を辞めたんでしょう」

「錬華ちゃんを一人にしておけないとか何とか言っていましたが、私たちもいるから問題ないんですけどね。財産目当てで錬華お嬢様に近付こうとしたに決まっています」

やはり一ノ瀬はてとらを含む親戚たちに辛辣《しんらつ》だ。錬華の母親が病死した瞬間、わっと集まってきたという話が本当なら無理ないか。

「てとらさんはパーティーの後、風車塔に戻ったんですよね。その時の足跡は死体発見時に残っていたのですか」

「戻った時の足跡とは断言できませんが、てとらさんが風車塔と館の正面玄関を日常的に往復していたことでできた何筋もの足跡は残っていました」

「ではその足跡に紛れて何者かが風車塔と館を行き来することも可能だったということですね」

「そうなりますね。山奥とはいえ念のため夜間は正面玄関を施錠しているのですが、内側からなら開けることができますので」

「待ってください。『内側から』ということは、夜間てとらさんが館に入ることはできなかったということですか」

「はい。パーティーが終わって風車塔に向かう彼女をお見送りした後すぐ施錠しましたので、館に入るならチャイムを鳴らす必要があります。そうしたら私と二村の部屋や厨《ちゅう》房《ぼう》で大きな音が鳴りますから、私が気付かない間に誰かが代わりに彼女を招き入れたということもあり得ません」

「風車塔の周囲に他の足跡は残っていませんでしたか」

「ありませんでした。雪が降らない残雪期に入ってから誰もそこを歩かなかったということではないと思うのですが、やはり古い足跡は次第に薄れてしまうようで」

「そうですか……。とにかく風車塔の中を見てみたいです」

「承知しました。案内いたしましょう」

＊

風車は正面から風を受けるのが最も発電効率が良いらしい。そのため、プロペラは塔の東側に付いている。一方、入り口のドアは南側にあった。

一ノ瀬が入ってすぐの壁のスイッチを押すと、薄暗い塔内に電気が点いた。

そこは吹き抜けのエントランスホールになっており、上からゴウンゴウンと鈍重な風車音が響いてくる。

中央には一本の太い柱が立っており、その右手に東を向く形で、羽根が生えた妖精《ようせい》のようなブロンズ像が置かれていた。

「シルフ像です」

一ノ瀬の紹介に合わせて、相以の滑らかな解説が始まる。

「シルフ、あるいはシルフィードは、四大精霊のうち風を司《つかさど》る精霊です。ラテン語のsylva《シルヴァ》〈森〉とギリシア語のnymphe《ニンフ》〈妖精〉を組み合わせたこの造語は、錬金術師のパラケルススによって生み出されました。普段は目に見えませんが、実体は美しい細身の少女の姿をしており、風のように移り気な性格で人間を翻弄《ほんろう》するそうです」

ウェブ上の情報を即座にまとめて引用できるＡＩ探偵は、蘊蓄《うんちく》探偵の一種と言えよう。シルフはファンタジー作品にもよく出てくるから僕も知っている。ゲームでは大抵、強風で敵を吹き飛ばすような魔法が使える。

しかし足跡のない密室のすぐ側《そば》にシルフ像とは。僕は死体がシルフに吹き飛ばされて雪面の上を飛んでいく光景を幻視した。

まるでシルフが巻き起こす竜巻のように、塔の内壁面には手すり付きの螺旋《らせん》階段があった。

あちこちにスマホを向けながら螺旋階段を上っていくと、時々ガラス窓が現れる。「時々」というのはどうやら九十度分上るたび——つまり窓は東西南北に向けて設置されているようだ。

二巻き分上ったところにある西向きの窓に差しかかった時、一ノ瀬が言った。

「この窓です」

「え、何がですか」

「警察が風車塔に立ち入った時、この窓だけが開いていたそうです。そして窓の付近の螺旋階段に、微《かす》かに水で濡《ぬ》れた跡が残っていたとか」

「それって絶対事件に関係ありますよね。警察の見解は……」

「特に何も」

「雪が吹き込んだのでしょうか」

「あの夜は雪は降ってないはずですけどね。季節もさることながら、翌朝雪の深さが変わっていませんでしたから」

「なるほど……ちょっと開けてみてもいいですか」

「どうぞ」

錠は付いていない。下部のハンドルを回して押すと、窓ガラスが中央を横軸に回転しながら開いていく。そのまま回転させていくと百八十度ひっくり返ったところで止まった。元々内側だったガラス面が上下反転して外側に移り、ほとんど窓が閉まっているのと変わらない状態である。

このタイプの窓は確か横軸回転窓といって、外面の掃除をしやすい点が長所だ。密室にうるさい僕は窓の種類にも詳しい。

「警察が立ち入った時、窓はどれくらい開いていたんでしょうか」

「これくらいだったそうです」

一ノ瀬は一旦窓を初期状態に戻すと、再び押し開けた。窓ガラスが四十五度以上九十度未満回転し、元々の下端が斜め下を向いた状態となった。

そこから外を覗くと、二階建ての館の屋根より高い位置から現場を一望することができた。

「ここから死体があった十メートル先までジャンプするのは……さすがに無理か」

「走り幅跳びの世界記録ですら八メートル九十五なのに、窓が邪魔で、満足に助走もできないとあっては到底不可能でしょうね」と相以。

「でもジャンプじゃなくてもトリックを使えば……」

「トリック？」

僕は一ノ瀬の方に向き直った。

「推理小説マニアの僕はついこんなことを考えてしまうんですが、風車の回転とロープを利用して死体をここから現場まで移動させるみたいなことはできないでしょうか」

「それは風車にロープを引っかけて、というようなことですか」

一ノ瀬の顔には特に呆《あき》れの感情などは浮かんでいなかったが、僕の方から恥ずかしくなってすごすごと撤退する。

「はあ、やっぱり現実的には難しいですかね」

「どのような構図を想定しているのかは分かりませんが、死体やロープを引きずった跡が雪の地面に残ってしまいそうではありますね」

どのような構図も想定はしておらず適当に言ってみただけなのだ。

「それに警察が風車を調べていましたが、何も言っていなかったので、特に痕跡などは残っていなかったんだと思います」

「それじゃダメですねぇ」

僕は軽くうなだれる。何も推理小説めいたトリックが使われていてほしいわけではない。だが発電方法を四元素に見立てた館で、風車の側で空中を移動したような死体が発見された。トリックが使われていない方がおかしいではないか。

僕は渋々窓を閉めて、再び螺旋階段を上り始めた。

道すがら他の窓もいくつか開けてみたが、すべて同じ型の横軸回転窓となっていた。多分、螺旋階段の窓は全部そうなのだろう。

さらに数巻き上ると、螺旋階段は天井の隅の四角い穴に吸い込まれていく。どうやら天井の裏に部屋があるようだ。

穴を通ってその上に行くと、そこは塔内を半分に仕切った半月状の居住空間になっていた。

「ここがてとらさんが寝泊まりしていた管理人室です。管理人室といっても彼女が数日籠っていた以外に誰かが住んでいたことはないのですが。この上に細い塔が延びており、そのてっぺんにプロペラが付いています」

　ゴウンゴウンという音が最高潮に達している。

　硬そうなベッドに無骨なテーブル、ガラガラに空いたラック。いかにも空き部屋といった趣だが、不思議と生活感が残っていた。

　その原因は絵だ。

　イーゼルにキャンバスが立てかけられていた。キャンバスには油絵の具で残雪の山並みが描かれている。イーゼルの背後にある室内唯一《ゆいいつ》の窓の景色をよく再現しており、ほとんど完成していると言えるのではないだろうか。

「これが……」

　一ノ瀬の方を見ると、彼女は頷《うなず》いた。

「はい、てとらさんの遺作です。てとらさんの母親カトルさんは今でも館にいるのですが、事件のせいで少しおかしくなってしまったので絵の話もできず、生前のままにしてあります」

　画材もイーゼルの筆置き部分やテーブルの上に放置されたままになっている。それらにスマホを向けると、相以が質問を発した。

「血痕はこの塔内からも発見されなかったのですか」

「はい、血痕はありませんでした。……ですが警察が立ち入った時、この部屋はまるで荒らされたような状態だったのです」

「荒らされた？」

「具体的にはイーゼルや家具が倒れて画材が床に散乱していました。そのままにしておくのはさすがに憚《はばか》られたので、警察の捜査後に私が片付けたのが現在の状態です」

「てとらさんと犯人がここで争った可能性があるということでしょうか」

「あるいは、てとらさんが自分で部屋を荒らした？」

相以の言葉を聞いて僕は背筋がうっすら寒くなった。

一番の理由は状況の不気味さだが、実際の気温が低いせいもある。五月でも雪が残っている山の上、しかも母屋から離れた塔の中と来たら当然だ。

それを想定してだろう、室内には暖炉が備え付けられていた。暖炉の中には歳月を経ていそうな灰が残っている。

半月状の室内の直線部分には二つの扉があった。

片方は開かなかった。一ノ瀬によると扉の先には、プロペラやその後部に収納されている機械をメンテナンスしに行くための梯子《はしご》があるらしいが、一度も使ったことはなく、実質開かずの間になっているらしい。事件の時も施錠されており、警察がマスターキーを借りて中を調べたが特に何も発見されなかったそうだ。

もう片方の扉は開き、中はトイレとシャワールームになっていた。換気用だろう、人が出入りできないほどの小窓が西向きに付いている。ここでは新しい発見はなさそうだ。

僕は管理人室に戻り、イーゼルの後ろの北東向きの窓のクレセント錠を外し、窓を開けてみた。

するど途端に吹き込んできた寒風がイーゼルの隙間《すきま》を吹き抜け、筆置き部分から筆が転がり落ちた。

僕は慌てて窓を閉め、筆を元の位置に戻した。

風の音は消えたが、風車の音は未《いま》だ管理人室を包み込んでいる。

しかしよくこんな環境で集中して絵を描けたな。そこまでして描きたい風景だったのだろうか。

そんなことを考えていると、一ノ瀬が言葉を発した。

「それで、この後はどうしますか」

「そうですね……」

僕は少し考えてから、相以に呼びかけた。

「なあ、やっぱり錬華さんに接触して、以相《いあ》に復讐を依頼するのはやめろと説得するべきなんじゃないか」

しかし相以は首を横に振った。

「犯罪オークションに参加するほど錬華さんの意志は固いんです。そんな彼女に何の見返りもなく接触しても、言い逃れられてしまうだけです。てとらさんの死の真相という交渉材料を用意しないと対等な会話はできません」

「お嬢様は子供なのに――いや子供だからと言うべきでしょうか――とても頑固ですよ」

一ノ瀬も横から補足する。

そうか、僕は子供だから多少強く言えば何とかなるのではないかと思っていたが、その考えは甘いのかもしれない。

「それに――」

相以は何か言いかけてから、その言葉を飲み込んだような不自然さで言葉を繋《つな》げた。

「とにかく以相より先に事件を解明し、復讐を妨害するという当初の方針通りに進めるべきだと考えます」

今の一瞬、相以の視線が一ノ瀬の方に泳いだのを僕は見逃さなかった。以相の信奉者である彼女の前では言いづらい内容だったのだろうか。

当の一ノ瀬は特に気付いた様子もなく言った。

「しかしこれで事件に関する場所はすべて案内いたしました。何か手がかりは摑めましたか」

「今のところは何も。ですが場所のインプットは完了しても、人物のインプットが未完了です。館に住んでいる全員の情報をお願いします」

「そうですね、口で説明するのは容易《たやす》いのですが……」

一ノ瀬はしばらく考えた後、何か思い付いたように言った。

「そうだ、せっかくなので実際に見に行きましょう」

「え？　でもまた二村さんに見つかったら……」

「大丈夫、我に秘策あり、です」

＊

というわけで僕と相以は暗闇《くらやみ》の中にいた。

目の前に小さな光の円がある。

それを覗くと、白いテーブルクロスをかけた長い食卓が奥に向かって伸びている。

館の食堂だ。

そして僕たちがいるのはクローゼットの中だった。

どうしてこんなところにいるのかというと、次のような経緯がある。

風車塔でのやり取りの後、一ノ瀬は僕たちを再び館に招き入れ、一階の食堂へと導いた。奥行き五メートル、横幅二十メートルほどの横長の部屋で、その横幅の大半を白いテーブルクロスをかけた長い食卓が占領している。出入り口は廊下側の壁の両端に付いたドアだけで、窓はない。

「こんな長いテーブルは初めてご覧になるんじゃないですか」

しばらく行動を共にしたことで、何を考えているか分からない茫漠《ぼうばく》とした雰囲気の裏に隠された一ノ瀬の心情が何となく分かるようになってきた。今はどこか自慢げな感じなので、僕は気を遣って言葉を濁した。

「はあ、まあ、そうですね」

しかしその気遣いを相以が台無しにした。

「首相公邸でもっと長いものを見たことがあります」

「そうですか……」

一ノ瀬はどこかガッカリした様子だ。そもそも食卓はあなたの所有物ではありませんけどね？

「もうすぐお昼の時間です。十二時になったらドアから人々がわらわらと入ってきます」

登山と捜査に夢中で時間感覚を失っていたが、もうそんな時間か。食堂の柱時計は十一時四十五分を指していた。

「そこであなたたちはクローゼットの中に隠れ、館の住人を観察するのです」

一ノ瀬は食卓の延長線上にある両開きのクローゼットをガチャッと開けた。中は空だった。

「装飾用の調度品なので使っていないのです。さあ、お入りください。さあさあ」

一ノ瀬はぐいぐいと僕の背中を押す。山奥の館で暇を持て余していたというだけあって、今のこのいたずらを企《たくら》んでいるような状況が楽しくて仕方がないのかもしれない。

僕はバレたら怒られるどころでは済まないのではないかと内心ビクビクだが、相手に気付かれずに館の全員を観察するには確かにこの方法がベストかもしれない。

僕は意を決してクローゼットに入ると、扉を手前に引いていき、食堂の明かりが一本の光の縦筋になるまで閉めた。奥行きは案外狭いが、僕くらいの体型なら何とか入りきる。

「うん、これなら食卓全体を見渡せますよ」

「でもねえ、注意深く見ると少し開いているのが分かるんですよ。側で何人もの人間がじっと座って食事するわけですから、誰かが気付かないとも限りません。もう少し閉められませんか」

「ええ、でもこれ以上閉めたら――」

僕は試しにやってみたが、やはり真っ暗闇になってしまった。

「何も見えませんよ」

「そうですか。かくなる上は――ちょっとそのまま隠れて待っててください」

一ノ瀬はそう言い残して食堂を出ていくと、すぐに戻ってきた。

「一旦クローゼットから出てください」

言われるがままにクローゼットから出ると、一ノ瀬は電動ドリルを片手に持っていた。

まさか――。

「えい」

そのまさかだった。一ノ瀬はドリルをクローゼットの扉に打ち込んだのだ。当然穴が穿《うが》たれたが、装飾に紛れて意外と目立たない。

「もう一度中に入って、今度はこの穴から覗いてみてください」

「……大丈夫なんですか、こんなことして」

「心配ご無用。私のお給金で同じクローゼットを買っておきます」

とんでもない人だ……。

呆れる僕とは反対に、相以は感心したように言う。

「推理小説を分析しただけでは分かりませんでしたが、メイドは家のことについて絶大な権限を持ってるんですね。また一つ勉強になりました」

「いや、多分こんなことするの、この人だけだと思うぞ」

「そうなんですか？」

「そうかもしれません。それより本当に穴から外が見えるかご確認ください」

僕はドリルに追い立てられるようにクローゼットに入り、扉を完全に閉めた状態で穴を覗いてみた。

これは――。

僕はクローゼットを開けて答えた。

「ダメです。せっかく穴を開けてもらったのに申し訳ないんですが、これじゃほとんど見えません」

「なるほど。ではもう少し穴を広げますか」

一ノ瀬が再びドリルのスイッチを入れたので、僕は慌てて制止した。

「いやいや、これ以上やったら絶対バレますって」

「輔《たすく》さん、最近買った魚眼レンズを使ったらどうですか」

「え、どういうこと？」

「ほら、ドアスコープの要領で……」

「ああ、なるほど」

すべて聞き終わる前に相以の意図が分かったので、僕はリュックを漁《あさ》った。

「何です？」

と一ノ瀬が覗き込んでくる。僕はリュックから外付けの魚眼レンズを取り出すと、スマホのカメラに付けた。

「四隅が丸くなった面白い写真が撮れる奴《やつ》なんですがね。この状態のカメラを戸棚の穴に押し当てて、僕は画面を見る。そうすれば相以も僕も外の状況を観察できるはずです」

　実際に試してみると、ドアスコープを覗いたように湾曲はしているが、ちゃんと食卓を見渡すことができた。

「ＯＫです」

「それは良かったです」

　一ノ瀬は柱時計を一瞥《いちべつ》した。

「まだ少し時間がありますね。今のうちに館の住人について少しお話ししておきましょう」

　一ノ瀬は各人の名前と続柄《つづきがら》、性格をかいつまんで説明した。

「おっと、そろそろ時間ですね。私は皆さんを呼んでくるので、クローゼットの中に隠れていてください」

　一ノ瀬はそう言って食堂を出ていった。

そういうわけで僕と相以は今、暗闇の中にいるのだ。

僕は館の住人が来るのに備えて息を潜めていたが、ふと思い出して先程のことを聞いてみることにした。

「そういえば風車塔の上で何か言いかけてなかった？」

「ああ、あれはですね、以相信奉者である一ノ瀬さんの前では言いづらかったのですが。錬華さんに私たちの来訪を知られないうちに奇襲をかけたら、以相を生け捕りにできるんじゃないかと思ったんですよ」

「なるほど、ネットを遮断すれば、以相は逃げられないもんな」

「はい、その時が来たら輔さん、よろしくお願いします」

「う――」

相以は肉体を持たないので僕がやるしかないのか。

「輔さんの手に人類の未来が懸かっているんです」

「プレッシャーを増やすなプレッシャーを」

「でも館に着いた時に錬華さんに姿を見られているので、もう気付かれているかもしれませんが」

「そういえばそうだった」

一瞬プレッシャーが軽くなったが、そんな甘えた考えではいけないと思い直す。錬華の復讐を止め、以相を確保することに全力を尽くさなければ。

「あれ、やっぱり僕が邪魔しに来たってバレたかな」

「気軽に外部の人間が来るような場所ではありませんからね。でもその時、錬華さんはスマホは手にしていなかったんですよね」

「多分……」

「以相に輔さんの姿を見られていなければまだチャンスはあります。錬華さんは突然の訪問者を警戒しながらも、まだその正体については確信できていないかもしれません。その隙を突ければいいのですが」

「そうだな」

その時、食堂の外から足音が近付いてきた。

「来たぞ。静かに」

僕はスマホの音量をゼロにすると、穴にスマホのカメラを密着させた。

食堂のドアが開き、イケメンが一人入ってきた。

彼は席に着かず、すらっとした長身を壁にもたせかけた。

縦縞《たてじま》の黄色いスーツの胸を開けて紫色のシャツを覗かせている。落ち着いた洋館にはそぐわない派手なファッションだが、いともカジュアルに着こなしているところを見ると、かなりのセンスの持ち主なのかもしれない。

これが一ノ瀬が言っていた三名本光《みなもとひかる》だろう。彼は四元錬二《よつもとれんじ》の姉（存命らしい）の息子。錬華にとっては従兄《いとこ》に当たる人物だが、一ノ瀬によると……。

と、噂《うわさ》をすれば影ではないが、パステルレッドの象のぬいぐるみを抱いた錬華が入室してきた。

錬華は三名本を見ると、びくっと硬直した。

一方の三名本は明るく声をかけた。

「やあ、ハニー。今日も美しいね」

歯の浮くような台詞《せりふ》を、十歳の幼女に向かって投げかける。

「どうだい、今日こそは隣の席で食事をしてみないか」

蛇に睨《にら》まれた蛙《かえる》のように固まっていた錬華が、ようやっと強張《こわば》った声を出した。

「嫌……席は決まっているから」

「占い婆《ばあ》さんの独《ひと》り言よりは楽しませてあげられると思うよ」

三名本が壁から背中を離して一歩踏み出ると、錬華は一歩下がる。三名本はそのままじりじりと距離を詰めていく。

見ていられないが、僕が出ていくわけにはいかない。早く誰か来ないのか――。

その願いが通じたのか、ドアが開いて、屈強なプロレスラーのごとき二村がワゴンを押しながら入ってきた。

「二村、助けて！」

錬華は二村に駆け寄ると、その巨体の後ろに隠れた。二村は驚いたように錬華を見下ろしてから、三名本に牙《きば》を剝《む》いた。

「貴様、お嬢様に何をした！」

三名本は欧米人のように肩を竦《すく》めた。

「ちょっとランチのお誘いをしただけですよ。怖がらせてしまったのならごめんなさい。でも僕がハニーを想《おも》う気持ちは本物だよ」

そう、この男は二十代なのに十歳の錬華に粉をかけているのだ。どう見てもロリコンだが、錬華が相続予定の財産目当てで近付いているのではないかというのが一ノ瀬の分析だ。

そこに新たな人影。大きな球が二つ、小さな球が一つ。肥満体の親子だ。

海賊のような口髭《くちひげ》を生やした中年男性が、恰幅《かっぷく》の良すぎる腹を揺すって笑い声を立てた。

「がっはっは、大きな声が聞こえたようですが喧嘩《けんか》ですかな？　喧嘩はいけませんぞ、みんな仲良くしなけりゃ」

どこかくたびれたドレスをパンパンにはちきらせた中年女性が追随する。

「そうよお、錬華ちゃんが怖がっちゃうわ。ねえ？」

彼女はねっとりした視線を錬華に向けたが、当の錬華は顔を背けただけだった。

この男女の遺伝を確かに感じさせる肥満男児は、ガムをクチャクチャ噛《か》みながらぼんやりと錬華を眺めている。

錬二の兄である四元欽一《きんいち》と、その妻子の銀子《ぎんこ》と銅太《どうた》で間違いないだろう。事業に失敗し、夜逃げ兼遺産目当てで館に転がり込んできた卑《いや》しい一家だと、一ノ瀬がかなり強い口調で断罪していた。

「座んないのー？」

銅太がガムをクチャクチャさせながら言った一言で、みんな我に返ったようにそそくさと椅子《いす》に座り始めた。

そこに新たな人物が現れた。

「♪テンポウの～」

意味不明な単語を吟じながら入ってきたのは老婆《ろうば》――いや、本来の年齢はもっと若いはずなのだが、白髪《しらが》や皺《しわ》、曲がった腰などはどこからどう見ても老婆のそれ。

錬二の妹、四元カトルだ。元々占いなどのオカルトに傾倒しすぎるきらいがあったそうだが、娘のてとらが死んだことで肉体的にも精神的にもおかしくなってしまったらしい。

「二十枚ですか？　三十枚ですか？　三十枚ね。それにしてもお高いこと……。死ねばいいのに。あらやだ今のは間違い。私はそんなこと言ってませんことよ。言ってない言ってない。まだテンポウじゃないですから」

　カトルは脈絡のないことを呟《つぶや》きながら食堂を横切っていくが、みんな慣れているらしく誰も反応しない。

　彼女が着席すると、一ノ瀬が別のワゴンを押してきた。彼女は二村と協力して食卓に皿を並べていく。各人の前に置かれた小皿にはクレープが一枚ずつ。数枚ある大皿には山盛りにされ、各自が取っていく形だ。

「本日の昼食は二村が作ったクレープをお召し上がりください」

「甘いのはー？」

　錬華が尋ねる。

「もちろんございますよ。でもそれは辛いのを食べてからにしましょうね」

「はーい」

　一ノ瀬は配膳を終えると右手最奥の席に座った。

　僕から見た席順は――。

　左手に手前から欽一、銀子、銅太、二村。

　右手に手前から三名本、カトル、錬華、一ノ瀬。

　使用人が同席することに一瞬違和感を抱かないではなかったが、よく考えてみると元々錬華と一ノ瀬と二村が暮らしていたところに、親類たちがなだれ込んできたのだ。立ちっぱなしで給仕に専念する義理はないだろう。

錬華の席は、世話をしてくれる一ノ瀬の隣で、かつ三名本と離れた位置という意図だろうか。席順一つからもいろいろ人間関係が見えてくる。

これで住人の全員が揃《そろ》った――わけではない。

あと一人、五代守《ごだいまもる》という凜花《りんか》の兄がいるらしい。錬華にとっては唯一の母方の親戚ということになる。五代は凜花の旧姓である。

五代は訳あって食堂には下りてこず、いつも自室で食事を取るそうだ。その「訳」についてはまだ聞いていない。

さて、館の住人たちがクレープを食べているところを見ているうちに、僕は自分がひどく空腹であることに気付いた。そういえば険しい残雪期の山を登るという重労働を成し遂げた後なのだ。

風車塔から館に移動する前にリュックの中の携行食を食べておけばよかったが、あの時はまだ昼まで少し時間があったし、食堂に忍び込んでからはもう食べる余裕もなかった。腹の虫が鳴って彼らに気付かれなければよいが。

ところで、それと関係ありそうでない話なのだが、僕はクレープのサイズについて気になっていた。いや、皿のサイズと言うべきか。

クレープが各人の皿に対して大きすぎて、両端が空中にダランとはみ出しているのだ。皿が小さすぎるのではないかと思っていると、同じことを考えていた人物がいるようだ。

「おい、もっと大きな皿はなかったのか？　クレープがテーブルに付きそうだぞ」

欽一が横柄な口調で一ノ瀬に言う。

一ノ瀬の弁解は実に意外なものだった。

「それが、厨房《ちゅうぼう》から適切なサイズの皿がすべて持ち去られていたのです」

皿が持ち去られていた……？

そんなことをして誰に何の得があるのだろう。

まさか以相の計画と何か関係があるのか？

「皆様は何かご存知ありませんか」

「何！　貴様、我々を盗人《ぬすっと》呼ばわりするのか！」

欽一は居丈高に怒鳴り付けた。一ノ瀬は涼しい顔で受け流す。

「いえ、そういうつもりでは……」

「ではどういうつもりだ、言ってみろ！」

先程は喧嘩は良くないと調子のいいことを言っていたくせに、使用人（しかも自分が雇っているわけではない）には高圧的に当たるのか。どうやら相手によって態度を変える人間らしい。僕はむかついてきた。

しかし今の僕には何もできない。憤懣《ふんまん》やる方ない怒りを胸中で燻《くすぶ》らせていたところ、意外なところから助け船があった。

「おやおや、さっきはみんな仲良くなんて言ってたのに。錬華が驚いてしまいますよ」

三名本だった。

欽一は何か言い返そうとしたが、正論の前には何も思い付かなかったらしく、舌打ちして目を逸《そ》らした。

幼女に（財産目当てで？）言い寄る変態だと思っていたが、少しは男気もあるようではないか。

今のやり取りの反動か、その後はみんな黙々と会話もなくクレープを食べていた。時々カトルが呟く謎の呪文《じゅもん》が聞こえてくるくらいだった。

異変は唐突に訪れた。

カタ、カタカタカタ、とクローゼットが揺れ始めた。

まさか前のめりに体重をかけすぎたせいでバランスが崩れたのか!?

一瞬焦《あせ》ったが、すぐに違うと分かった。

食卓がざわつき始め、誰かが叫んだ。

「地震だ！」

そうか、館全体が揺れているのだ。

かなり大きい。震度5はあるのではないかと思わせるほどの横揺れだ。

このままクローゼットに入っていたら倒れたりして危ないのではないか。バレてもいいから外に飛び出すべきではないか——そういう気持ちをぐっと堪《こら》えると、扉から離れてなるべく中央で重心を低く保つよう踏ん張った。

ガシャン、と皿が落ちる音。

誰かの悲鳴。

……地震は一分ほどで収まった。

「ああ、怖かった」と銀子の声。

「地震警報は鳴ってないよな？　気象庁は何をしとるんだ」

欽一はこんな時でも誰かに責任を求めていく。

しかし地震警報か。鳴る場合と鳴らない場合があるが、今鳴っていたら僕がクローゼットに隠れていることがバレてしまっていたかもしれない。あれは音を切っていても鳴るからな。結構瀬戸《せと》際《ぎわ》の状況にあったのだと後から気付いて冷汗をかく。

僕は深呼吸して興奮を静めると、再びスマホのカメラをクローゼットの穴に密着させた。

「大丈夫かい、ハニー」

三名本が声をかけるが、錬華は無視して悲しそうに床を見下ろしていた。視線の先にはひっくり返った皿と、だらりと絨毯《じゅうたん》に横たわったクレープ。

「大丈夫、新しいのに取り替えましょうね」

一ノ瀬は大皿から一枚新しいクレープを新しい小皿に取ると錬華の前に置いた。そして落ちたクレープを落ちた皿に載せると、食堂を出ていこうとする。

それを銅太が呼び止めた。

「それ捨てるの？」

「ええ……」

「もったいな。俺ならそんなん普通に食べるし」

「やめなさい」銀子は恥ずかしげに苦笑する。「お金持ちの家では落ちたものを食べたりしないの」

「ちぇー」

名残惜しそうな銅太の視線に見送られて、一ノ瀬は食堂を出ていった。

地震に驚いたのか止まっていたカトルの呪文が再開された。

ミステリマニアの悪い癖で、館の住人が一堂に会しての食事など誰かが毒殺されるのではないかなどと思っていたが、幸いにしてそんな悲劇は起こらず昼食は終わった。

＊

「もう出てきて大丈夫ですよ」

一ノ瀬の声で僕はクローゼットから出た。

食堂にいるのは一ノ瀬だけで、ドアは両方とも閉まっていた。テーブルはまだ片付けられていない。大皿の上にはクレープが三枚残っている。

「地震、大丈夫でしたか？」

「ええ、何とか……一ノ瀬さんは？」

「まあ、命の危険を感じるほどの揺れではありませんでしたので。それよりも合尾《あいお》さんがクローゼットから転がり出てこないかの方が心配でした」

「僕も冷や冷やしました」

大皿の上にはクレープが三枚残っている。

「館の住人の印象はいかがですか」

「いやあ、何というか癖の強い人たちだなあと……相以はどうだった？」

「あの四元欽一という人はすぐ殺されそうだと思いました」

「ミステリマニアの思考やめろ。すみません、こいつ推理小説をディープラーニングっていうか、それで学習してきたので……」

後半は一ノ瀬に対する釈明だったが、当の一ノ瀬もこんな台詞を吐き捨てる。

「そうなってくれればいいですけどね」

僕は苦笑するしかない。

「確かに横柄《おうへい》な人でしたよね。一ノ瀬さんも苦労されてますね」

「あの人、自分が館の主《あるじ》か何かと勘違いしているんですよ。ところでこの後はどうされますか」

大皿の上にはクレープが三枚残っている。

「そうですね……。昼食に来なかった方がまだ一人いるんですよね。五代守さんでしたか。その方のことも見てみたいなと」

「かしこまりました。ですがその前に合尾さんはお腹《なか》が空《す》いているのでは？　先程からチラチラとクレープを見ていますし」

バレていた。熱が頬から耳を経て後頭部へジンと広がっていった。

「いいんですか」

「ええ、間食用に残しておいても大抵余って困ってしまいますので」

「それではお言葉に甘えて……」

僕は適当な席に着いてクレープを食べ始めた。

金持ちの昼食がクレープ？　と侮《あなど》る気持ちが正直あったのだが、それを吹き飛ばすほどの味だった。

まず生地が美味《うま》い。屋台のクレープのようにベシャッとしていないのだ。表面はパリッと香ばしい。それでいて少し歯を入れるとしっとりと肉厚な食べ応《ごた》えがある。

そしてその中に旨味《うまみ》の混沌《こんとん》が詰まっていた。バターの風味たっぷりのクリームソースにミニトマトとアスパラガスと、あと何だ、落ち葉のような香りがするシャキシャキしたものは……。

「あの、これすごく美味《おい》しいんですけど、何ですかこのシャキシャキしたの……」

「ホワイトソースのですか？　でしたら黒トリュフですね」

「トリュフ！　トリュフをクレープに入れるなんて！　贅沢《ぜいたく》ですね。でも美味しい……」

僕は速攻で一枚目を平らげ、二枚目に手を伸ばした。

すると信じがたいことに、何と中身が違うのだ。

今度はわさび醬油《じょうゆ》仕立ての和風ソースに、脂《あぶら》が乗った魚の切り身とエビと、このプツプツした魚卵はイクラ？　いや小さいからトビッコか……と思って断面を見ると黒い粒々が覗いていた。

「この粒々はまさか……」

「はい、キャビアでございます」

「むおおおお、キャビア！」

何たる贅沢の極み。『美味しんぼ』のスパゲッティ対決で高級品を載せることにこだわる余り麺《めん》の味を引き出せず負けたみたいな話があったが、平民の僕にとっては高級品が入っているだけで嬉《うれ》しくなってしまうのだ。

どれ、三枚目は……。

と試すような気持ちで口に入れた僕はまたしても驚くことになった。

これまた味が違う。しかも甘いのだ。そういえば錬華が甘いのがあるかと聞いていたっけ。

「三種のベリーソースでございます」

「これは子供が喜ぶでしょうね！」

僕が一人で盛り上がっていると、例によって相以が割って入ってきた。

「輔さん、ずるいです。私にも……」

「お前は食べられないだろ！」

そんな漫才をしていると、突然ドアが開いた。

こともあろうにドアが開いたのだ。

全身が硬直し、クレープが喉《のど》に詰まりそうになった。

戸口に立っていたのはカトルだった。僕を見て目を丸くしている。ヤバい。

一ノ瀬が何か言おうと口を開きかけたが、その前にカトルが甲高い声を発した。

「シンブンヤサン？」

「え？」

妙なイントネーションで何を言われたのか分からず、思わず聞き返してしまった。

「あなた、新聞屋さん？」

新聞屋？

ああ、そうかこの人は正気を失っていたんだっけ。じゃあまだチャンスはあるか？

僕はわずかな希望を胸に、話を合わせることにした。

「え、ああ、はい、そうです、新聞屋です」

「そう。最近四コマ漫画が面白くないから。言っといてね」

「あー……分かりました、言っておきます」

新聞屋に言ってもそれは改善されないと思うが、とりあえず頷いておく。

「子供に作者の思想を代弁させてるだけだから。風刺になってないから。それじゃテンポウでしょ」

しばらく待ったが続きの言葉がない。相槌《あいづち》を打たなければならないのだろうか。

「そうですね、テンポウですね」

カトルは我が意を得たりとばかりに頷いた。

「でしょお。それじゃ必ず言っておいてくださいね。よろしくお願いします」

カトルは深々とお辞儀をすると、ドアを閉めて出ていった。

僕は胸をドンドンと叩いて、喉の詰まりを解消した。

「危なかった……」

「すみません、油断していました」

「いや、一ノ瀬さんが謝ることじゃありません。僕ものんびり食べていたし」

僕は残ったクレープを一気に食べてしまうと、ホットコーヒーで飲み下した。

「それでは五代さんの部屋に行きましょう」

一ノ瀬がそう言うので困惑した。

「え、でも」

「ご安心ください。私が彼の部屋を訪問してドアを開けてもらいますので、合尾さんは隠れてその様子を見ていればいいのです」

「そういうことですか。分かりました」

僕は椅子から立ち、そこで思い出して尋ねた。

「そういえば、五代さんはある理由から自室で食事を取るって言ってましたよね。ある理由って何なんですか」

「それは本人を見れば分かります」

見てのお楽しみということか。それにしても見ただけで分かる「みんなと食卓を共にしない理由」とは何だろう。ちょっと思い付かないな。

一ノ瀬はドアを少し開けて左右を確認した後、手招き。僕たちは廊下に忍び出た。廊下は静まり返っているが、いつどこから人が出てくるか分からない。先程カトルに見つかった反省から警戒レベルを引き上げる。

こっそり階段を上がり二階へ。一ノ瀬はあるドアの前で足を止めると、小声で囁《ささや》いた。

「ここが五代さんの部屋です。合尾さんが隠れる場所は、そうですね……そこの甲冑《かっちゅう》を着るのはどうでしょうか」

「いや、無理ですって」

「冗談ですよ。そこの観葉植物の陰にでも隠れてください」

背丈が高く葉の多い観葉植物で、しゃがめば相手に気付かれず葉の隙間から覗くことができそうだ。ちょうど僕のセーターが緑なのも保護色に働く。

一ノ瀬は僕の隠れ具合を確認して頷くと、ドアをノックして呼びかけた。

「食器を下げに参りました」

そうか、元々そういう用事があったか。

ドアがゆっくりと開いていく。

　出てきた五代の顔を見て、僕は危うく声が出そうになるほど驚いた。

　五代は仮面を着けていた。

　推理小説に出てくるような、のっぺりとした白い仮面だ。

　しかもあの右腕は……義手か？　明らかに生身の肉体ではない光沢を放っている。

　五代自身は中肉中背の男性（凜花の兄という事前情報があるが体付きからも男性と思われる）で、とりたてて特徴があるわけではないが、仮面と義手の組み合わせが異様な雰囲気を放っている。

　五代は左手で一ノ瀬に空の食器が載ったお盆を渡した。そしてその左手で義手の前腕をトントンと叩いた。よく見るとそこに小型のキーボードが付いている。

「ごちそうさまでした」

　という変声機を通したような声が義手から聞こえた。

　その日常的な挨拶《あいさつ》によって、僕が勝手に抱《いだ》いていた緊迫感は雲散霧消した。

　そうか、きっと五代は何らかの事情で声が出せなくなっただけで、食事を作ってもらったことへの感謝を言葉にできる普通の人間なのだ。

「どういたしまして」

　一ノ瀬は頭を下げると、一旦僕とは反対方向に歩き始めた。五代の視線をこちらに向けさせないためだろう。

五代がドアを閉めると、一ノ瀬はくるりと踵《きびす》を返し、僕の方に歩み寄ってきた。

「いかがでしたか」

僕は少し考えたが、結局素直に感じたことを口にした。

「びっくりしました」

「でしょう」

「五代さんはどうして仮面と義手を？」

「過去に火事で顔と右腕に大火傷《やけど》を負って、右腕は切断するしかなかったそうです。さらに煙で喉もやられたらしくて」

「ああ、それで義手に発声機能付きのキーボードを」

「最先端の製品だそうです」

「自室で一人で食べるのは、やっぱり仮面を取らなきゃいけないから……」

「はい、そしたら火傷の痕《あと》が見えてみんなを不快にさせてしまうからと遠慮なさって」

「なるほど、そういうことだったんですね。それにしても『ごちそうさまでした』なんて打つの億劫《おっくう》になりそうなのに律儀《りちぎ》というか、いい人ですね」

「毎回言ってくれるんですよ。最初は集まってきた親戚の中でもぶっちぎりで怪しいから受け容《い》れるべきかって話も出たんですけど、人柄がいいからすぐに馴染《なじ》みました。やっぱり人柄ですよ。欽一一家とは大違い」

「はは……」

「さて、これで館の住人は全員紹介いたしました。この後はどうしましょうか」

「そうですね……。相以、どうする？」

「正直なところ、まだ手持ちのデータが足りませんね。もう一つ事件が起きるなどしてくれないと」

「待て、今のは探偵としてあるまじき発言だぞ」

「そうですか？　結構こんなことを言っている探偵は多いと思いますけど」

「ダメダメ。君にはそういうタイプの探偵になってほしく**パァン！**

耳をつんざく破裂音、一発。

僕はしばらく虚空《こくう》に意識を奪われていたが、ようやく言葉を取り戻した。

「…………今の音は？」

「銃声の確率、七十八パーセントです」

「銃声ですって？」

問い質《ただ》す一ノ瀬に、相以は厳密な回答を返す。

「銃声ではなく、銃声の確率が七十八パーセントの音です」

その時、またしても耳をつんざく音。

今度は女性の悲鳴だ。

様子を見に行くべきか？　でもそんなことしたら確実に誰かと鉢合わせしてしまう。

いや——。

「行こう！」「行きましょう！」

言葉がハモり、僕と相以は顔を見合わせた。

そうだ、探偵はやっぱり正義を追究しないと。

僕たちは走り出した。

悲鳴が聞こえてきたと思われる北西角を曲がると、廊下の奥に銀子が座り込んでいた。側のドアが開け放たれており、彼女はその向こうを凝視しているように見える。

「どうされましたか」

一ノ瀬が駆け寄りながら尋ねる。

銀子は見知らぬ僕を見て一瞬目を丸くしたが、それよりも元々の衝撃の方がずっと上回っているらしく、震える指でドアの向こうを指差した。

そこは扇形の客室だった。

扇形の外周は複数の掃き出し窓（床まである出入り可能な窓）で構成されており、その向こうにバルコニーが見えている。

掃き出し窓の一枚が開いており、そのレールを横切る形で誰かが倒れていた。仰向けで、頭をこちらに向けている。

あの肥満体は見間違えようもない、四元欽一だ。

僕は慎重に室内を見回した。どうやら他の人間はいないようだ。

室内に足を一歩踏み入れると、火薬の臭《にお》いが鼻を突いた。

部屋を横切ってバルコニーに近付くと、新たに二つの事実が判明した。

一つは欽一が猟銃を握り締めていること。

そしてもう一つは欽一の額から血が流れていること。

僕は生唾《なまつば》を飲み込むと覚悟を決めて、指紋を付けないための白い手袋を嵌《は》めた。そして欽一の手首の脈を取ったが、そこからは一切の脈動が感じられなかった。

「ダメだ、もう死んでいる」

「そんな……私が第二の事件を求めたせいで……」

相以が悲痛な嗚咽《おえつ》を漏らした。

「関係ないよ。今大事なのは目の前の事件を解決すること。そうだろ？」

「そうですよね。因果関係のないことで反省して損しちゃいました」

相以はケロッとした表情で言った。さすがＡＩ、切り替えが早い。

さて、起こったことを整理してみよう。

まだ館の構造を把握できていないまま無我夢中で駆け付けたが、どうやら四元館には中庭があるらしく、それがこの二階のバルコニーから見下ろせた。

中庭の北西と北東には、円柱を四分の一に切った形の構造部がせり出している。これは――なるほど、上空から見た時に「四」の字に見えるということか。

北東にあるそれの二階部分が今いる場所だ。

客室とバルコニーを区切る窓の一枚が開け放たれており、そのレールを横切る形で欽一の死体が仰向けに倒れていた。上半身が室内に、下半身がバルコニーにはみ出している。

死体は額から血を流し、猟銃を握り締めていた。後頭部に傷はないので、銃弾は額から入り体内に留まっているようだ。

そしてバルコニーには空薬莢《やっきょう》が一つ落ちていた。偽装工作で置かれたものでなければ、ここで一発発砲されたことになる。

「僕たちがさっき聞いた銃声は、この猟銃によるものだったんだろうか。欽一さんは自分で自分の額を撃った――いや、違うな。こんな長い猟銃で自分の額を撃てるわけがない。確か猟銃自殺するためには銃口を咥《くわ》えながら足の指で引き金を引いたりしなきゃいけなくて大変なんだっけ」

「昔の推理小説によく出てきますね」

「そうそう。欽一さんの死体は靴を履いているから自殺じゃない。ということは犯人が欽一さんを射殺した後、銃を死体に持たせたってことか？」

「その可能性も低いです」

「どうして？」

「よく見てください。この猟銃には消音器《サイレンサー》が取り付けられています」

「そうなの？」

僕は銃に詳しくないので判別できなかったが、よく見ると銃口の付近に筒のようなものが取り付けられている。

「消音器《サイレンサー》は完全に音を消せるわけではありませんが、私たちが先程聞いた音は明らかに消音器《サイレンサー》付きのものではありませんでした。あの音が殺害時のものなら、犯人は別の銃を使ったということになります」

「じゃあ何で欽一さんまで銃を持ってるんだよ」

「それはまだ分かりませんが、推測でいいなら犯人に応戦しようとしたなどの可能性が挙げられます」

応戦しようとしたが額を撃ち抜かれてしまった……ということは死体の倒れ方からして、欽一はバルコニーに立ち外に向けて銃を構えていたことになる。

ならば狙撃者《そげきしゃ》がいたのは向かい側の館内か中庭か——ってまさかまだそこにいるんじゃないだろうな!?

僕はそちらに素早く視線を走らせたが、今のところ人影は見当たらない。

と、その時。

背後でミシッと床が軋《きし》む音がした。

外じゃなくて室内に潜んでいたのか!?

反射的に振り返ると、斜め向かいのクローゼットが半分開いており、中から銅太の肥満体が一歩踏み出したところだった。それは奇《く》しくも食堂で僕が隠れたクローゼットと同じ型のものだった。

銅太は僕を見てギョッと顔を強張《こわば》らせた。誰だお前はと思ったのだろう。

もっとも驚いているのはこちらも同じだ。何で彼がこんなところに――。

いや、ちょっと待て、それ以前の問題として！

今僕の足元で死んでいるのは他ならぬ彼の父親なんだ。彼にだけは絶対死体を見せちゃいけない！　何とかしてここから――。

って間に合うはずがない。何せ死体は目と鼻の先なのだ。銅太の視線がゆるゆると下りていき――。

元々強張っていた顔がさらに驚愕《きょうがく》で歪《ゆが》められた。

「親父《おやじ》!?　何で親父の方が死んで……」

ん？　この子、今変なこと言わなかったか？

一瞬芽生えたその違和感は一旦置き去りにせざるを得なかった。

「お前か」

まだ十歳の少年が、怒りと怯《おび》えが綯《な》い交ぜになった揺れる瞳《ひとみ》で僕を睨み付けている。

「お前が親父を殺したのか」

「いや、僕は――」

何と弁解したものか。そもそも彼にとって僕は突如館に出現した不審者なのだ。

言い淀《よど》んでいると、

「銅太！」

銀子が飛び込んできた。一ノ瀬も一緒に入ってくる。一ノ瀬は今まで腰を抜かした銀子の介抱をしていたのだろう。

銀子は僕を見て一瞬困惑したように視線を泳がせたが、何か問いかけてくることはなく息子を抱き締めた。

「あんた何でこんなところに！」

「あ、俺……俺は……かくれんぼで……」

「とにかく部屋を出るわよ」

銀子は僕の方を見ずに、銅太を部屋から引っ張り出す。

バタバタと廊下を走る足音がしたかと思うと、入れ替わりにレスラー執事の二村、ロリコン疑惑の三名本、仮面と義手の五代が入ってきた。

二村の背後には、パステルレッドの象のぬいぐるみを抱えた錬華。そのまた向こうには、あらぬ方をぼんやりと眺めたカトルが佇《たたず》んでいる。

「貴様、どうやって館に忍び込んだ！」

二村の咆哮《ほうこう》が僕の全身を震わせた。

それとは対照的に呑気《のんき》な声で三名本が、

「知ってる人？　……ああ、あの服。午前中、二村さんと玄関で口論してた人か。エントランスを横切った時に見かけたよ」

二村は三名本の相手をせず、こちらに詰め寄ってきた。

「おい、何で欽一さんが倒れてる……まさか死んでいるのか？　お前の仕業か⁉」

「いや、僕は一ノ瀬さんの協力で……」

僕は助けを求めるように彼女を見たが、何と目を逸らされた。

「私はそんな人存じません」

「え、ちょっとちょっと」

「冗談ですよ。こうなったらすべて説明するしかありませんね、合尾さん」

「といっても二村さんにはさっき説明したんですが……」

「説明？　あんなイカレた宗教の勧誘みたいなのが『説明』だって？」

一ノ瀬は噛み付こうとする二村を片手で制すると、僕の方に向き直った。

「皆さんの前でもう一度説明するのです。それしかありません。私も協力しますから」

確かにそこからしか始まらないな。

*

僕は深呼吸して頭を整理すると、ここに来た経緯を話し始めた。

説明を終えると、二村が一ノ瀬を睨み付けた。

「一ノ瀬！」

「お嬢様の御身に関わる重大事だと判断したので協力したまでです」

しれっと答える一ノ瀬。

僕には暇潰《ひまつぶ》しだと言っていたんだけどな……。

「しかしお嬢様がＡＩに犯罪を依頼なさるなど考えられない。しかも目的がてらさんの復讐だって？」

「てらの死は」

不意にカトルが口を挟んできた。

「テンポウです」

ハキハキとした口調で例の意味不明な単語を口にする。

一瞬気まずい沈黙が流れたが、その沈黙はすぐに三名本に破られた。

「今の話マジなの、ハニー」

錬華は怯えたように首を横に振った。

「私知らない……犯人のエーアイとか……何も知らない！」

彼女は象のぬいぐるみをギュッと抱き締めると、そのまま部屋を飛び出していってしまった。

「あっ……！」

二村はきっかけを作った三名本と、そもそもの根本原因たる僕のいずれを睨むべきか決めかねたのか中空に視線を彷徨《さまよ》わせた後、錬華を追いかけていった。

その後をぶらぶらと三名本が付いていく。

僕も追おうかどうか迷ったが、

「あちらは二村に任せておきましょう」

という一ノ瀬の一言でこの場に残ることにした。

「今の話は本当なの？　主人は犯人のＡＩだか何だかに殺されたってわけ？」

銅太を抱いた銀子が戸口から裏返った声で尋ねてくる。

「それはまだ分かりません。仮に以相が首謀者でも、彼女は肉体を持たないため、実際に殺したのは人間の共犯者ということになります」

相以はＡＩらしい厳密な答えを返したが、これは少し軽率だったかもしれない。銀子にこう思わせてしまったからだ。

「人間の共犯者……そうか、錬華……あいつか。あのガキが主人を殺しやがったのか。あいつ、私たちのことを嫌ってたしな」

「早計ですよ」と一ノ瀬がたしなめる。「まだ何の事実も確定していないのです」

　僕も加勢する。

「そうですよ。それに錬華さんが本当に依頼者なら、目的はてとらさんの復讐と思われます。欽一さんはてとらさんの死に何か関係していたんですか」

「てとらさんの死に関係していたんですかァー、じゃないわよ」

馬鹿《ばか》にしたように語尾を伸ばしたオウム返し。向けられた敵意が僕の胸に突き刺さる。

「若造が生意気な口叩くな。主人が関係してるわけないでしょ。てとらは事故死か何かよ」

「てとらの死は」

　再びカトル。

「テンポウです」

「テンポウとは何ですか」

　ここで相以が持ち前の空気の読めなさを発揮《はっき》して、誰もが喉元で堰《せ》き止めていた禁断の質問をした。

カトルはギョッとしたようにこちらを見た。ハッキリと僕のスマホを見つめている。その目には今まで見られなかったような光が宿っていた。

今度は大分長い沈黙が流れた。

何か言うのかと身構えていると、カトルの目が再び虚《うつ》ろに戻った。そして調子っぱずれな歌を歌い始めた。

「♪テンポウの〜」

意味深な反応だと思ったが、ただの気まぐれだったようだ。

僕は相以に耳打ちする。

「一ノ瀬さんも言ってただろ。あの人、精神に問題があるって。だからまともな受け答えは期待できないよ」

「そうですか。では銀子さんにお尋ねしましょう。この部屋があなたたち家族に割り当てられた客室なのですか」

銀子は相以ではなく僕の方を睨み付けた。

「何で私がそんな質問に答えなきゃいけないのよ。大体探偵のＡＩ……だったっけ。本当にそんなものあるのかしら。あんたが自分の台詞を合成音声に喋《しゃべ》らせてるだけじゃないの？　五代の義手みたいにさ」

義手というデリケートなものに無遠慮に言及したことで、少し刺々《とげとげ》しい空気になった。

答える気がなさそうな銀子に代わって、一ノ瀬が答えてくれた。

「欽一さん一家の部屋は別にあって、ここは現在空き部屋なのです。鍵はかけていませんでしたが……。ですからどうして欽一さんがこの部屋に足を踏み入れたのか分かりません。銀子さんは何かご存知ですか」

「さっきから私ばかり質問攻めだけど、私は何も知らないのっ！　銃声がしたからこの部屋を覗いてみたら主人が倒れていて……」

「ちょっと待ってください」

相以が懲《こ》りずに質問を挟む。

「その時、この部屋のドアは開いていましたか。それとも閉まっていましたか」

銀子はもう回答を拒絶するのも面倒になったらしく、吐き捨てるように答えた。

「ドアが開いてたか閉まってたかなんて覚えてないわよ。多分閉まってたんじゃないの」

「ということはあなたはドアが閉まっているにもかかわらず、銃声のような音がその向こうから聞こえてきたと確信してドアを開けたということですね」

「待てよ。確かに僕たちが銃声を聞いた時、どっちから聞こえてきたのかハッキリとは分からなかった。それがこの部屋からだって一発で分かるものか……」

致命的な矛盾というわけではないが、ちょっと不自然だ。

銀子はしどろもどろになって、

「な、何よ。あんたら私が嘘《うそ》ついてるって言うの？　たまたま分かったんだから仕方ないでしょ。私はすぐ側の廊下を歩いてたんだから——そうだ、あんたらが銃声聞いたのはもっと遠くでしょ？　私は近くで聞いたんだから。だからこの部屋だって分かったのよ」

「今のところはそれで納得しておきましょう」

「何よその言い種《ぐさ》——」

「それでは次に銅太くん」

銀子に背中を撫《な》でられていた銅太は、相以に名前を呼ばれてビクッと全身を震わせた。

「さっきかくれんぼと言っていましたが、かくれんぼは二人以上でやる遊びですよね。誰としていたのですか」

「今度は銅太を疑うってわけ？　こんな子供に何もできるわけないでしょ」

「銀子さんは黙っていてください。私は銅太くんに聞いているんです」

「いいえ、黙るもんですか。私はこの子の母親ですからね」

銀子はそう言い返したが、銅太は結局答えた。

「ひ、一人だよ。だからかくれんぼっていうか、その、探検的な？　それで空き部屋を見つけてクローゼットに隠れてみたんだ。そしたらパァンって音が近くでしてさ。ビビったわけじゃねえぜ？　ねえけど、ちょっと様子見よって思って外の音聞いてたら、お前らが入ってきて猟銃がどうのとか言うから、クローゼットのドア開けたら親父が――」

　口ごもる銅太を銀子が抱き締める。

「ああ、大丈夫よ。きっと大丈夫だからね」

「私たちが入ってくる前に、誰かが部屋を出ていく気配はしませんでしたか」

「分かんね……」

「それじゃ逆に欽一さんが部屋に入ってくる音は――」

「質問はそこまで」

　機械音声が相以の質問を遮った。

　声のした方を見ると、五代が左手で義手の前腕に付いている小型のキーボードを叩いている。

「今は一刻も早く警察に通報するべきだ」

　五代は義手にそう発声させると、こちらに顔を向けた。のっぺりとした白い仮面越しに、まっすぐな視線を感じる。

僕は捜査に夢中になる余り、被害者遺族を追い詰めてしまっていたかもしれないことを自覚した。

「分かりました。相以、捜査は後にしよう」

「はい」

相以も大人しく引き下がってくれる。

「通報して参ります」

一ノ瀬が出ていくと、五代はベッドの方に歩いていく。何をするのだろうと思って見ていると、五代は僕の方を振り返り義手のキーボードを叩いた。

「遺体にシーツをかける。手伝ってくれ」

「あ、はい」

僕は片腕の五代を手伝い、死体にシーツをかけた。

死体が握り締めている猟銃が視界に入ったことで、僕は根本的な疑問を思い出し、五代に尋ねた。

「そもそもこの銃って出所はどこなんでしょうか。元々この館にあったものなんですか」

「知らない。俺は少なくとも見たことはない」

流れ的に銀子と銅太には質問しづらいものの、あわよくば答えが得られないかと気持ち大きめの声を出したのだが、戸口の母子から答えが返ってくることはなかった。もちろんカトルは上の空だ。

猟銃が館のものでないなら、犯人が持ち込んだということになるが、何か用事にかこつけて下山した時にでも調達したのだろうか。

そんなことを考えながら僕は死体の側にしゃがみ込んでいたのだが、その目線の低さゆえにある事実に気付くことができた。

バルコニーの外縁は柵《さく》ではなく高さ一メートルほどの胸壁になっているのだが、その内側に小さなヒビが入っているのだ。死体の足の延長線上、床面から五十センチほどの高さのところだ。

「何だこれ。相以はどう思う？」

「真新しいヒビですね。推測ですが銃弾が当たった痕かもしれません」

「ああ、銃弾が」

確かにこんな痕が付くかもしれない。

ちなみにヒビは浅く、中に銃弾が埋まっているなどということはない。

「でもそれにしてはおかしなことがあるんです」

「何でこんな場所に弾痕があるんだってことだろ」

「そうです。死体の体勢から欽一さんはバルコニーの外から狙撃された可能性が高いですよね。それなら内側に弾痕があるはずがありません。一方、欽一さんが撃ち返した場合でも、こんな低い場所には当たらないでしょう」

「欽一さんが室内側から撃たれたとしたら……それでもやっぱりここには当たらない気がするな。よほど犯人が狙《ねら》いを外さない限りは」

「死体と弾痕を結ぶ直線を中庭の向かい側まで伸ばすと、南側中央の部屋の窓に当たりますね」

「あれは確か錬華ちゃんの部屋じゃないか。一ノ瀬さんがそう言ってたはず」

噂をすれば影で、一ノ瀬が駆け込んできた。

「大変です」

相変わらずポーカーフェイスを保っているものの、その声は珍しく揺らいでいた。走って息が乱れたせいだけではないだろう。

「どうしたんですか」

「まさか電話線が切られていたとか？」

相以の奴、こんな時に何を不謹慎な推理小説ネタを——と思っていたら、

「そのまさかです」

「ええっ」

「受話器を取っても音が鳴らないので、変だなと思って電話線を見たら、壁から出てくる穴のところで切断されていて」

「何者かが鋭利な刃物で切断したかのように綺《き》麗《れい》な断面だったんですね！」

相以はまたしても推理小説あるある。

しかしこちらは否定された。

「いえ、どちらかと言えばペンチでねじ切ったような乱れた断面で……」

「ふむ、それは珍しいケースですね」

今は断面よりもっと重要なことがある。僕は言った。

「固定電話がダメでも衛星通信があるんですよね。スマホで通話もできるし、メールやSNSで外部に助けを求めることも……」

「それが衛星通信のモデムがどこにも見当たらないのです。持ち去った人物がパスワードを変えたらしく、今私たちがネットに接続することはできない状況です」

抜け目のない犯人だったか。

「ちょっと待って！」

と銀子が割って入ってきた。

「それじゃ助けは来ないってこと⁉」

「確かに通報はできませんでしたが、私か二村が下山して――」

銀子のヒステリーが加速する。

「そんなの待ってられないわ！　私たちまで殺されちゃう！　行くわよ銅太、この館を出るの！」

「でもお袋――」

「早く！」

銀子は銅太の手を強引に引っ張って部屋を出ていった。廊下でぼんやりと突っ立っていたカトルを弾《はじ》き飛ばしたが、謝罪もしない。

「お待ちください」

一ノ瀬が後を追う。

自分に何ができるかは分からないが、僕も追いかけることにした。

一階に下り、開け放たれた正面玄関の扉を出る。

「山道はまだ雪が残っており危険です。せめて準備を整えて――」

「うるさい、離せ！」

サラマンダー像の側で揉《も》み合う一ノ瀬と銀子を、銅太が途方に暮れた顔で見つめている。

僕もおずおずと近付こうとして、はたと異変に気付いた。

前庭を抜けた先、南の空に。

一筋の黒い煙が立ち昇っていた。

山の中なのに何の煙だ……？

その時、僕の頭にも相以よろしく「推理小説あるある」がよぎった。

まさか――！

僕は崖《がけ》っぷちまで駆け寄った。

そこから見下ろせる、館と外界を繋ぐ唯一の吊《つ》り橋が、四元素のうち南に対応する「火」に包まれていた。


「――」


あまりの衝撃に言葉を失っている僕の隣に他の三人もやってきた。

「何でェ！　どうしてなのよォ！」

銀子の悲痛な叫びが山中にこだまする。

誰かが僕たちを館に閉じ込めるため、吊り橋に火を放ったんだ。

「一ノ瀬さん、何とかして消火する方法はないんですか。小川の水を使うとか……いやそんなんじゃ意味ないか」

「いえ、ダメ元でやってみましょう。バケツを取ってきます」

一ノ瀬は駆け足で館に引き返していった。

彼女が戻ってくるのをぼんやり待っているわけにはいかない。今のうちに何かできることはないか。

そうだ、小川には水車があることだし、その側にバケツとかホースはないだろうか。役に立たないかもしれないが、呆然《ぼうぜん》と突っ立っているよりはマシだ。

僕は小川の方に走った。

その途中、僕は別の異変に気付いた。

館の南側の壁に沿って所々、まるで雪下ろしでもしたかのような雪の塊があるのだ。さっきここを通った時はこんなものはなかった。昼食時の地震で、ソーラーパネルがない部分の屋根に積もっていた雪が落ちてきたのだろうか。

——ってそんなことは今はどうでもいい！

僕は館の西面に回り、小川に沿って走ったが、使えそうなものは何も見つからなかった。

くそっ、何とかして小川の水を吊り橋まで運ぶ方法はないか……！

そうだ、水——。

「水」なら他にあるじゃないか。

雪だ。

吊り橋の側の雪を炎に投げ付ければ――。

いや、そりゃ分かってるさ。小川の水をバケツで運ぶ以上に「焼け石に水」だってことは。でも何か試さないと。後悔したくない。

僕は館の東側にあるヘアピンカーブを駆け下りた。

駆け下りながらおかしなことに気付いた。

坂道の雪に残っている真新しい足跡は、今朝僕が上ってきた時のものだけなのだ。随分前に付けられたような微《かす》かな足跡ならちらほらと残っているのだが。

それでは犯人はどうやって吊り橋に火を付けたのだろうか。

側まで行かずに崖の上から放火するのは不可能に近いと思うけど……。

とにもかくにも吊り橋のところまで駆け付け、側に積もっていた雪を手当たり次第に投げ付けたが、当然火勢は収まらなかった。

熱気で視界が揺れる。

またか――。

父と母を焼き尽くした炎。

克服できたと思ったのに。

またしても僕の前に立ちはだかるのか。

そして僕は今回も何もできないのか――。

「合尾さん！」

振り返ると、一ノ瀬が両手にバケツを持って早足で坂道を下りてくるところだった。

あの重そうな感じ――水が入ってるんだよな？

よし、入ってる！

「ありがとうございます！」

僕は片方のバケツを受け取ると、傍若無人に燃えさかる炎に水をぶっかけてやった。

しかし、何の効果もなかった。

それどころか、それがトドメにすらなったのか。

ボロッと。

橋は炎に包まれたまま谷底に落ちていった。

IYAMA

七年前――。

それはおよそオフィスとは思えない奇妙な構造物だった。

一辺四メートルくらいのブロックが3×3×3で組み合わさり、一つの大きな立方体を形成している。ブロックの表面にはすべて、下端に接するように縦長のガラス窓が付いている。

それは塀も草木もない見通しのいい正方形の敷地の中央に鎮座していた。遮蔽物《しゃへいぶつ》がないのはそれを目立たせる意図だろうか。東京郊外の長閑《のどか》な景色の中で、それだけが確かに異彩を放っていた。

いくら奇抜な建物を作ることで有名な伊《い》山久《やまく》郎《ろう》とはいえ、これがその設計事務所なのだろうか。

四元《よつもと》凛花《りんか》は乗ってきたタクシーの方を振り返り、開いているドアから運転手に尋ねた。

「本当にここで間違いないんですか」

「ええ、伊山設計事務所でしょ。間違いありませんよ。逆に知っていたら間違いようがありませんわな」

それはそうだ。

しかし看板も何もないではないか。

あるいは作品だけで伊山久郎だと証明できる自信があるということか。

本当にそれほどの人物なのだろうか。

試すような気持ちになっている自分に気付き、凜花は慌《あわ》てて自省した。

伊山が偉大な建築家なのは客観的な事実だろう。自分が気がかりなのは別の問題——すなわち自分が抱えている厄介な問題を彼が解決できるのかということだ。

それを確かめるには、行くしかない。凜花は藁《わら》にもすがる思いで、奇妙な立方体へと一歩を踏み出した。

途端に足がよろめいた。

最近こんなことが増えた。死がすぐ側《そば》まで迫っているのだろうか。

しかしまだその時ではない。病魔よ、もう少し待ってくれ。目的を果たすまで死ぬわけにはいかない。

凛花は立方体をキッと睨《にら》み付けると、一歩一歩前進していった。

そのうち不可解な既視感に襲われた。

目の前の立方体をどこかで見たことがあるような気がしてきたのだ。こんなへんてこな物体、生まれて初めて見るのに。一体どうして……。

突如自分の中に生じた感情の正体が摑《つか》めぬまま、立方体の側まで辿《たど》り着いた。

そこに郵便受けとポールが立っていた。ポールの上端にはボタンとスピーカーが付いており、「ご用の方はチャイムを鳴らしてください」と書かれている。

チャイムを鳴らすと、

「はい」

と男の声が応答した。

「三時に約束していた四元ですが」

「ああ、今下ります」

数秒後、ぶううううーんという機械音とともに、正面の中央縦列に異変が起こった。

■下段のブロックが奥に引っ込んでいく。

■中段のブロックが下段に移動する。

■上段のブロックが中段に移動する。

■上段の奥からブロックがせり出してくる。

これらのことが同時に起こった。

それが何度か繰り返されるのを見ているうちに、凜花は既視感の正体に気付いた。

そうか、ルービックキューブだ！

これはルービックキューブ形の建物なんだ……。

凜花が感嘆と呆然《ぼうぜん》の狭間《はざま》で立ち尽くしていると、ブロックの動きが止まった。

正面中央下段ブロックの窓ガラスがスライドし、中から白い口ひげを生やした老人が出てきた。ネットに顔写真が出ている伊山久郎その人だった。

どんな怪人物かと身構えていると、彼は矍鑠《かくしゃく》と笑った。

「わはは、驚かれたようですな。さあさあ、お入りください」

凜花は窓というかガラス戸から、恐る恐るブロックの中に入った。

室内は当然ながら立方体で、応接間のような内装が施されていた。正面左右の壁には入ってきたのと同じガラス戸が付いており、隣接するブロック内が見えている。そうか、これら縦長のガラスはブロックの配置状況によって、ドアにも窓にもなるのだ。天井と床にはハッチが付いている。上下のブロックに移動したい時は、あそこから梯《はし》子《ご》が出る仕組みにでもなっているのかもしれない。

「どうぞおかけください」

伊山に促され、凜花はガラステーブルの前のソファに座った。

伊山は座らず、

「今お茶を淹《い》れますのでね」

と壁際《かべぎわ》の長机の方に歩いていく。

凜花が首を伸ばして見ると、伊山は電気ポットからカップに湯を注いでいた。秘書に任せたりせず自分でやるのか――そもそも秘書にあたる人物は存在するのか？　などと考えていると、

「あちっ」

「大丈夫ですか？」

「ああ、大丈夫ですよ。老人になると感覚が鈍くなるのでこれくらい平気です」

「……じゃあ余計危ないじゃないですか！　火傷《やけど》に気付かないかもしれないでしょう」

凜花は慌ててソファから立ち上がり伊山の様子を見に行ったが、老人の乾燥した手は自己申告通り特に火傷はしていないようだった。

「良かった。お茶は私が運びますね」

「いや、お客様にそんなことをさせるわけには……」

「いいから任せてください」

伊山はまだ何か言いたげだったが、凜花は意に介さずテキパキと二人分のお茶が載ったお盆をテーブルに運んだ。

「ありがとう、優しいお嬢さん」

伊山はそう言いながらやってきて凜花の向かいに座った。

本当にこの人が稀代《きたい》の天才建築家と謳《うた》われている人物なのだろうか。ただの（どちらかと言えばおっちょこちょいな）老人にしか見えないのだが……。

そう思ってジロジロと眺めている視線に気付かれたらしい。

「私の顔に何か付いていますかな？」

「いえ、その……個性的な建物ばかり作ることで有名な伊山先生ですからどんなエキセントリックな方かと思っていたら意外に普通の方だったもので驚いたというか……」

これはちょっとばかり失礼だったかしら。「エキセントリック」ではなく「普通」の方が。芸術家って「普通」と言われることを嫌がりそうだから。

それで恐る恐る表情を盗み見ると、伊山はまったく気にしていない風に笑った。

「ははは、確かに私はこの事務所のように奇抜な建築を好む傾向にありますな。しかしすべての作品の奇抜さが私に起因するわけではありません。なぜなら館は私のためではなく住人のために建つからです。だとしたら変わっているのは私ではなく住人の方だということになりますな」

確かにその通りだ――。

納得させられるとともに空気が一変し、伊山の雰囲気に呑《の》まれるのを凜花は感じた。

「さて、あなたはどのように変わっているのか。あなたの作りたい館を教えてください」

凜花は唾《つば》を飲み込み意を決すると、今置かれている状況を説明し始めた。

「実は……」

すべてを聞き終えると、伊山はポツリと呟《つぶや》いた。

「それならスマート構造か……」

「え、何ですか？」

「スマート構造というのは……いや、映像で見ていただいた方が早いでしょう」

伊山がリモコンを操作すると、壁面に設置されたテレビが起動し、ファイルリストが表示された。伊山がその中から一つのファイルを選択すると、映像が流れ始めた。

本棚と、多数の本が映っていた。

映っている物だけを挙げれば、何の変哲もない映像に思えるかもしれない。

だがそれは一瞥《いちべつ》しただけで異常な映像だった。

本の大半が本棚に収まらず、こともあろうに空中に浮かんでいたのだ。開いた頁《ページ》をバサバサと翼のようにはためかせて。

「こ、これは一体……」

「私の作った建物ですよ」

伊山は神秘的な笑みを浮かべた。
突然、目の前の老人が得体の知れない魔術師めいた存在に思えてきた。

その後何やかんやあって、僕と相以《あい》は館《やかた》の客室に軟禁されていた。

「いや、おかしいでしょう！　どうして私たちが閉じ込められないといけないのですか！　やっぱり輔《たすく》さんが吊《つ》り橋にトドメを刺したからですか！」

相以の機械音声がキンキンと僕の鼓膜を震わせる。

「いや、それは関係ないって。僕が水をかけなくても、どうせすぐ燃え落ちてたし」

僕はベッドにごろりと寝転がった。

「仕方ないよ。いくら銃声が聞こえた時に一《いち》ノ瀬《せ》さんと一緒にいたとはいえ、他の人たちから見たら完全に不法侵入者なんだから」

一ノ瀬は庇《かば》ってくれたのだが、二村《にむら》や銀子《ぎんこ》の糾弾《きゅうだん》が激しく、一触即発の空気になってしまった。

外部との連絡が絶たれたこの極限状況で不要なパニックは避けるべきだ。そう考えた僕はどこかの部屋に軟禁してくれと提案した。その申し出は受け容《い》れられた。

客室の錠は鍵穴《かぎあな》が貫通しており、内からも外からも鍵を差し込んで開け閉めできる古いタイプのものだ。室内に保管されていた鍵を使って二村が外から施錠したので、僕にはドアを開ける手段がない。

　この客室には間取りの関係で窓が存在しないが、浴室とトイレはあるので安心である。

「とはいえ探偵の活動が制限されるのは危険です。犯人が何のために電話線を切断して吊り橋を燃やしたのか、分かっているのですか」

「そりゃ分かってるよ。僕だって推理小説愛好家の端くれなんだから。犯人がそんなことをする理由はただ一つ。次の事件を起こすつもりがあるからだ。だから誰も逃げられないようにして、警察も介入できないようにした」

　ちなみに僕たちはもう一生ここから出られないのかというと、まだ希望は残されている。

　二村が五月四日、失踪《しっそう》宣告の件で弁護士と麓《ふもと》の町で会う約束をしているらしい。その約束を二村がすっぽかせば、相手が異変に気付いてくれるのではないかということだ。

「だったら――」

「まあ欽一《きんいち》さんの死でみんな警戒しただろうから、なるべく自室に閉じ籠《こ》もって過ごした方が良いという忠告を聞いてくれるだろう。それに足を使って捜査することだけが探偵活動じゃない。軟禁されていても頭を使うことはできる。まあ『足だけじゃなくて頭を使え』と人間がＡＩに言うのもおかしな話か」

「そうですね……。では犯人がどうやって足跡を残さず吊り橋を燃やしたのか考えてみましょうか。犯人も『足じゃなくて頭を使った』のかもしれません」

そう言って相以は穏やかに微笑《ほほえ》んだ。冗談を言える余裕を取り戻したようだ。

「お、いいねいいね。そうだな……例えば崖《がけ》の上から火の矢を射かけたとか？」

「その程度であそこまで燃え上がるとは思えませんが」

「あらかじめロープにガソリンを染《し》み込ませておくんだよ」

「輔さんが吊り橋を渡った時、ガソリンの臭《にお》いがしたんですか？」

「いや、しなかった……」

「それじゃダメですね。もし輔さんが渡った後にガソリンを染み込ませたのだとしたら、坂道に真新しい足跡が残るはずですから」

「うーん、難しいなあ」

「問題は足跡だけではありません。スケジュールもタイトです。電話線は事前に切っておくことも可能かもしれませんが、吊り橋が昼食前から燃えていたとはとても思えません」

「確かに風車塔から食堂に移動する時、煙なんか昇ってなかったもんな」

「ええ。それに昼食後そこまで間を置かず銃声のような音がしたことを考えると、犯人は相当忙しかったと思われます。まあどれかのタイミングを時限装置で誤魔化すことはできたかもしれませんが……」

吊り橋は完全に燃え落ちてしまったので、時限発火装置などが仕掛けられていたかどうかは分からなかった。

「それでも犯人の仕事が多かったことには間違いありません。そこで各人の行動を見直せば、何か綻《ほころ》びが見えてくるかもしれません」

「そうだね。軟禁される前に全員にアリバイを確認した時の会話は録音してある？」

「もちろんバッチリです」

相以が再生するアリバイ証言を今一度確認する。

錬華《れんか》——昼食後は自室にいた。銃声に驚いて部屋を出たところ、廊下を走っていく二村を見つけた。彼の後を追い、現場の空き部屋で皆と合流。以相《いあ》のことを詰問されて空き部屋を飛び出したが、館内で二村に捕まり、空き部屋に連れ戻された。その後は二村と五代《ごだい》とカトルと、空き部屋で僕たちの帰りを待っていた。

銀子——昼食後、欽一の姿が見つからないことを不審に思い館内を捜していたところ、銃声がした。銃声の出所と思われた空き部屋のドアを開け、死体の第一発見者に。銅太《どうた》を連れて部屋を飛び出した後は、正面玄関を出たところで一ノ瀬に捕まり、後は崖の上から吊り橋が燃えるのを呆然《ぼうぜん》と眺めていた。

銅太――昼食後、一人で館内の探検をしていた。空き部屋のクローゼットに隠れていると、誰かが入ってきたような気がした（先程遮られた相以の質問に答えた形だが、本人曰《いわ》くかなり曖昧《あいまい》とのこと）。クローゼットに隠れていることがバレたら怒られると思って息を潜めていたら、突然パァンという音がした。しばらく様子見をしてからクローゼットの扉を開け、僕の足元に横たわっている死体を発見した。その後は銀子に同じ。

カトル――アリバイを尋ねたがまともな回答は返ってこなかった。ただ僕がクレープにがっついている時に彼女が食堂に入ってきたあの出来事を踏まえると、わずかだが空白の時間は少なくなる。

三名本《みなもと》――昼食後は自室にいた。銃声に好奇心を抱《いだ》いて音の出所を探し、空き部屋で皆と合流。二村の後から錬華を追いかけたが、見失ってしまった。それでエントランスをぶらぶらしていたところ、吊り橋から戻ってきた僕たちと合流した。

五代――自室で昼食を取り、食器を回収しに来た一ノ瀬と顔を合わせている。銃声に驚き一瞬出遅れたものの、部屋を出て音の出所を探し、空き部屋で皆と合流。僕と一ノ瀬が銀子と銅太を追いかけていった後は、一人で死体を見張っていた。廊下で突っ立っていたカトルの姿が見えなくなったことはない。錬華が二村に連れ戻されてからは、四人で空き部屋で僕たちの帰りを待っていた。

二村――厨房《ちゅうぼう》で昼食の後片付けをしていたところ銃声がしたので、音の出所を探して空き部屋へ。その後は錬華に同じ。

一ノ瀬――基本的には僕たちと同行していたが、通報に行った時は単独行動。銀子と銅太を追う時も単独行動しているが、すぐに母子に追い付いている。バケツを取りに行ったのも一応単独行動だが、その時にはすでに吊り橋は燃えていたので考慮の必要はないだろう。

「全員所々単独行動の時間があるね。だけどどれも短い時間だから、その間に射殺なり回線切断なり放火の暇があったかは疑問だけど。一ノ瀬さんは死体発見までずっと一緒にいたわけだから容疑者から除外してもいいかなと思うんだけど……どう？」

ここまで協力してくれた人が犯人だと思いたくない――そういう私情があるいは混ざっていたかもしれない僕の問いかけに対して、相以は冷静な意見を述べた。

「断定はできません。あの銃声のような音が遠隔殺人トリックの産物かもしれませんから」

「そういえば相以は最初からずっと『銃声』じゃなくて『銃声のような音』って表現してるよね。やっぱり偽装工作の可能性を疑ってるの？」

「厳密さを重んじているだけです。銃声との一致率は七十八パーセントでしたから」

「七十八パーセントか。高いのか低いのか……」

「零《ゼロ》か百でない限り、細かい数字に意味なんてないですよ」

「その発言はＡＩらしいのかＡＩらしくないのか……。そうだ、ＡＩらしいと言えば、欽一さん殺しの裏にＡＩらしさみたいなものは感じる？　つまり計画を立てたのが以相かどうかってことだけど」

「どうでしょうか。かつての私は彼女の考えていることなど何でもお見通しと思っていました。でも前回の右龍《うりゅう》事件で出し抜かれてからは……」

勢い込んで館に乗り込んだ相以だが、内心はやはり大分ナーバスになっているようだ。

「確かにあの事件のことを考えると、目に見える犯罪だけが以相の仕業とは限らないね」

「はい。それに今回以相が受けた依頼は、てとらさんの復讐です。だから欽一さん殺しが以相の仕業なら、欽一さんがてとらさんの死に関わっていた——あるいは関わっていたと以相か依頼人が考えているということになります」

「現場検証時に僕が言った問題だな」

話がだんだん堂々巡りになってきたな——。

そう思った頃合いで、外から鍵を開ける音がし、ドアがノックされた。

重い響きだが乱暴ではなく丁重な音。

誰だ？　一ノ瀬か？

僕の部屋を訪れるのは彼女くらいしか考えられなかったが、念のためすぐドアを開けずに尋ねる。

「どなたですか」

すると意外な答えが返ってきた。

「二村です」

今までの恫喝《どうかつ》するような口調から一転して、落ち着いた声色。しかも丁寧語にまでなっている。

「開けていただけませんか。謝罪したいのです」

どういう風の吹き回しだろう。

僕は不思議に思いながらも、その誠実な声から不審には思わず、ドアを開けた。

すると目の前に二村の巨体がそびえていた――と思ったら、次の瞬間、それが深々と折り曲げられた。

「今までの非礼をお許しください、申し訳ございませんでした！」

僕は慌《あわ》てて彼の頭頂部に呼びかけた。

「と、とにかく頭を上げてください。何か状況が動いたんですか」

僕の無実が証明されるような何事かが起きたのか？

まさか、また誰かが殺されたんじゃないだろうな！　それでずっと軟禁されていた僕の容疑が晴れたとか――。

一瞬、嫌な想像が脳裏をよぎったが、二村が頭を上げるゆっくり具合を見るに、新たな緊急事態は起きていそうにない。

「いえ、そうではなく、恥ずかしながら私が考えを改めたというだけの話でございます。合尾《あいお》様のご説明を聞いた当初は、お嬢様を守りたい一心で、つい合尾様をこの館から遠ざけようとしてしまいました」

ちょっとちょっと、合尾様ですって。

見た目通りの荒事専門かと思っていたら、こんな四角四面な、まさに「執事」のふるまいもできたのかというギャップに驚く。

「しかしその後、一ノ瀬が保存していた犯罪オークションや、右龍事件で全世界に配信された動画などを見せてもらいました。恥ずかしながら私は世情に疎《うと》く、以相のこともほとんど知らなかったのですが、動画を見て一つの結論に至ったのです。以相は危険すぎる。もし以相とお嬢様に繋《つな》がりがあるのなら、それを断ち切ることこそがお嬢様をお守りすることになるのだと」

「ふむ、ようやく改心しましたか。最初から我々を迎え入れてくれれば事はもっと簡単だったんですがね」

「上から言うな」

　僕は壊れたテレビを直すようなチョップをスマホに入れた。

「すみません、二村さん」

「いえ、相以様のおっしゃる通りです。私のせいで回り道をさせてしまいました。しかしあなた方の『真実を突き止めたい』という目的と、私どもの『お嬢様を守りたい』という目的は同じ方向を向いています。ぜひこれからは協力態勢を敷かせてください」

「もちろんです！」

　と答えたのは僕ではなく相以だ。

「良かった」

　安心したように表情を緩めた二村の強面《こわもて》に、素朴な少年の面影がよぎった。

「では早速質問させていただきたいのですが」と相以。

「何でもどうぞ」

「肉体を持たない以相がこの館で活動するためには、当然何らかの電子機器に入る必要があります。錬華さんはスマホを所有しているそうですが、それに以相が入っていないか調べましたか」

「一応一ノ瀬と調べましたが、私たちの知識ではとても判別が付きませんでした」

「まあコンピュータウイルスのような奴《やつ》ですからね。無理もありません。私がそのスマホの中に入って調べても分からないかもしれません。ところで衛星通信のモデムはまだ見つかっていないんですよね」

「はい、館内のどこにも……」

「全員の荷物検査はしましたか」

「したいのは山々ですが立場上なかなか……。一応、私と一ノ瀬でお互いの部屋を調べました。そして二人でお嬢様の部屋も調べたのですが」

　そこで二村の表情が曇った。

「モデムの代わりにおかしなものが見つかったのです」

「錬華さんが犯人だと指し示すようなものですか」

「逆です。お嬢様が所有している象のぬいぐるみの一つに縫い針が刺さっていたのです。

それも一本ではなく、すべての足の裏に二本ずつ、合計八本。とがった方を外に向けて」

　その光景を思い浮かべてゾッとした。何者かの強い悪意を感じる。

「錬華ちゃんがぬいぐるみを抱いたら刺さるようにということですか」

「ただ刺さるだけでは済まないかもしれません。針の先には何か液体が乾いたような茶色いものがこびり付いているように見えました。あれがニコチンなどの毒だとしたら、何者かがお嬢様の命を狙《ねら》っているということになります」

「象のぬいぐるみの一つとおっしゃいましたが、錬華さんは象のぬいぐるみをたくさん持っているのでしょうか」

　と相以が尋ねる。

「四つ一組のもので、形はすべて同じですが色が違います。最近いつも抱いているパステルレッドの他に、パステルグリーン・パステルイエロー・パステルブルーの象がいます。針が刺さっていたのはパステルグリーンのものでした」

「その日の気分によって使い分ける——もとい抱き分けるのでしょうか」

「いえ、季節ごとに変えています。三月から五月はレッド。六月から八月はグリーン。九月から十一月はイエロー。十二月から二月はブルー」

「なるほど、今は春だから赤い象さんってわけですか」

四季を反映する四色の象は四元館にふさわしいかもな。

「お嬢様はこだわりをお持ちなので、違う季節の象に触れられることは一切ありません」

「ということは最近グリーンの象には触っていないはずですね」

「はい。ですが昨夜、お嬢様が露天風呂《ぶろ》から自室に帰ってこられた時、棚に置かれているグリーンの象が少しだけ動いている気がしたそうです。気のせいかと思って位置は直されなかったそうですが、もしその時触っていたら危なかった……ご無事で本当に良かったです」

「その時、他の象はどこにあったんですか」

「レッドの象は露天風呂に持っていき、更衣室に置いておかれたそうです。イエローとブルーはグリーンと同じ棚に並んでいました」

「なるほど」

相以は少し考えてから言った。

「確かに錬華さんの身に危険が迫っているのかもしれません。くれぐれも目を離さないようにしてあげてください」

「もちろんです！」

二村は威勢良く答えた後、急に弱々しい声で続けた。

「あの、やっぱりお嬢様は『狙われる側』だと思うんですよ。欽一様の死がお嬢様の、仕業、ということはさすがにない――ですよね。いくらＡＩに入れ知恵されたからといって、十歳の少女が大の男を殺せるはず――ないですよね」

彼は縋《すが》るように同意を求める。

なるほど、これが彼が一番言いたかったこと、来訪の理由なのかもしれない。

相以は困った顔で厳密な回答をせざるを得なかった。

「それはまだ分かりません。何かを断言するには情報が不足しすぎています」

「そう、ですか。分かりました」

二村はしばらく唇を噛《か》んでいたが、やがてぎこちない笑顔と不自然に明るい声を作って言った。

「いや、いろいろご教示いただきありがとうございます。引き続きご協力よろしくお願いします」

二村はスマホ内の相以に向けて深々と頭を下げると、僕に向き直った。

「それから合尾様。外からの施錠を解除したいのは山々なのですが、銀子様と折り合いが付かず……」

「ああ、お気遣いなく。外からでも施錠されている方がこちらも安心ですからね」

「誠にご迷惑をおかけしております。それでは一旦《いったん》失礼いたします。夕食時になれば、私か一ノ瀬が食事を運ばせていただきますので」

「楽しみです」

二村は深々と頭を下げる。

僕がドアを閉めると、外から遠慮がちに施錠する音が聞こえた。

彼が立ち去った頃合いを見計らって、僕は言った。

「いやー、一ノ瀬さんと二村さんは対照的なコンビだな。ポーカーフェイスで掴《つか》み所のない一ノ瀬さんに対して、律儀《りちぎ》で感情が分かりやすい二村さん」

「錬華さんを大切に思っていることがよく伝わってきました。もうこれ以上悲劇は起こさせたくないものです」

「ああ、そうだな」

しかし数多《あまた》の推理小説によると、閉ざされた館での殺人事件が一件で済むことは極めてレアケースなのである。

*

黄土色の竹垣。

露天風呂を外から見えないようにしている仕切り。

熱い風呂に浸《つ》かって登山の疲れを癒《い》やしたいところだが、今はそういう状況ではないし、そもそもこの竹垣はスマホに写った画像に過ぎない。

「さっきから竹垣ばかり見てどうしたんだ？」

事件の再検証のため、僕たちは今までスマホのカメラに収めてきた館の風景をもう一度最初から見ていたのだが、先程から画面が竹垣の画像で固定されたまま動かないのだ。

「この竹垣、どこか違和感があって……」

相以に言われて僕も画像を見返す。

一ノ瀬と館の北面を歩いていた時に外側から撮影したものなので、その向こうにある露天風呂は写っていない。

何の変哲もない竹垣に見えるが……。

しかし画像分析に長《た》けるＡＩは些《さ》細《さい》な違いも敏感に察知することができるのだ。

「ほら、ここ！　角《かど》の部分の竹だけ色が違いますよ」

「色？　そうかな……」

「そうですよ！　他の竹は概《おおむ》ねＲ１８４　Ｇ１３６　Ｂ59付近に収束していますが、この竹だけＲ２０９　Ｇ１５２　Ｂ38ですし」

「いや、レッド・グリーン・ブルーの割合を表すＲＧＢで言われてもね……。自然のものだから色も違うんじゃないの」

「それだけではありません。この角の竹だけ、東西の竹垣のラインからも、南北の竹垣のラインからも若干ズレているんです」

「どれどれ……ああ、本当だ」

今度はじっくり見ると僕にも分かった。

「でもこれは単に設置が雑なだけじゃ……」

「いえ、私が思うに、東西の竹垣と南北の竹垣は元々、内側で綺麗《きれい》な直角を形成するように作られ、外側には空きスペースがあった。そこに何者かが新たな竹を立てたんだと思います」

「何者かって……何のために竹なんか立てるんだよ。事件と何か関係があるのか」

「それはまだ分かりません。それを確かめるためにも、この竹垣をもう一度ちゃんと調べたいのです」

「まあ今はちょっと場が荒れてるから無理だな。もう少し落ち着いたら打診してみるよ」

その時、再び鍵を開ける音がして、ドアがノックされた。

今度は先程より軽やかで静かな音。

戸口に行って誰何《すいか》すると、

「一ノ瀬です。お夕食を持ってまいりました」

ドアを開けると、お盆を持ったメイドの一ノ瀬が立っていた。お盆の上にはビーフシチューの他、何品かの料理が載っている。

「冷え込むので温かいビーフシチューを作ってみました」

「わあ、美味《おい》しそうですね」

僕がお盆を受け取ろうとした時だった。

廊下の並びのドアが開いて、銅太が飛び出してきた。続いて銀子も出てくる。

「待ちなさいって言ってるでしょ！」

銀子は銅太の手首を摑むが、振り払われてしまった。

「離せよ！　俺は一人で寝るんだ！」

「こんな時なのよ！　一人は危ないわ！」

銅太の動きがピタリと止まった。

つられたように銀子も止まる。

数秒の沈黙。

銅太がゆるゆると振り返る。

彼はへらへらとした笑みを浮かべ、掠《かす》れた声で言った。

「一人が危ないって言うならさ——お袋と一緒にいるのも危ないじゃんか」

どういう意味だ？

僕は銀子の顔を見た。

彼女の表情は凍《こお》り付き、返事をすることもできないようだった。

その隙《すき》に銅太は曲がり角の向こうに消えた。

叩き付けるようにドアを閉める音。

静かな廊下に銀子が取り残された。

僕たちはそれを遠目に眺めていたのだが、銀子がこちらに気付いた。

何か言われるか？　と身構えたが、銀子は意外にも弱々しく視線を逸《そ》らし、出てきた部屋に戻っていった。

　ドアが閉まると、僕は声を潜めて一ノ瀬に尋ねた。

「銅太くん、一人で寝るって言ってましたが、自分の部屋があるんですか」

「ええ。『本人が一人部屋を希望するようになったから別室を用意してくれ』と欽一さん夫妻に頼まれたので、今の角を曲がってすぐの空き部屋を銅太くんの寝室にしました。最近のことですが」

「年頃の子供ですからね。でも『お袋と一緒にいるのも危ない』という発言は……」

「まあ……聞こえますよね。父親を殺したのは母親だと疑っている風に」

「夫婦仲は悪かった感じですか、一ノ瀬さんから見て」

「個人的には、一致団結して遺産を狙っているように見えましたがね。まあ心の奥底までは何とも申し上げられません」

僕たちがそんな話をしていると、一連のやり取りを聞いていたらしく、室内から相以の声がした。

「『殺人犯なんかと一緒にいられるか！　俺は自室に戻らせてもらう！』のパターンですが大丈夫でしょうか」

「またすぐ推理小説ネタを持ち出す。今回の銅太くんは不特定多数じゃなくて特定個人を警戒しているんだから、そんな似てないだろ」

「ハーリ・クィンとメルカトル鮎《あゆ》くらいには似てますよ」

「じゃあ全然似てないな。あ、一ノ瀬さん。お料理ありがとうございます」

「頃合いを見てお盆を回収に上がりますので」

二人の探偵の共通点だと相以が考えている何かを聞かされながら、僕は黙々と夕食を口に運んだ。

ビーフシチューは美味しく、相以の理論は意味不明だった。

食べ終わると、じきに眠くなってきた。

やはり登山の疲れが溜《た》まっていたのだろう。

僕は再訪してきた一ノ瀬にお盆を返却するとシャワーを浴び、早々にベッドに潜った。

＊

夢を見ていた。

僕は森の中にいた。

どこからか話し声が聞こえてくる。

僕は声の出所を探して歩き回る。

声は茂みの奥から聞こえてくるようだ。

僕は耳を澄ました……。

「俺は見たんだ。本当なんだって。本当に――が撃ったんだ」

少年の声が何かを熱弁している。

少女の声がそれに答える。

「でも何で私が……」

「分からない。分からないけど俺が……俺が君を……」

「え？　何て？」

「……いや、何でもない。とにかく気を付けないと。誰が何を考えてるか分からないんだから」

「ありがとう」

「何だよ急に」

「――くんは優しいね。自分も大変なのに私のこと心配してくれて」

「……ばっか。くだらねえこと言ってないで早く寝ろ！」

「ふふっ、おやすみなさい」

銅太と錬華の声に聞こえた。

不思議だ。

二人はそんなに仲が良さそうには見えなかったのに。

いや、実際のところどうなのかは知らないよ。

でもその「知らない」ってことが重要なんだ。

知らないのに、どうして二人が親しげにしゃべっている夢なんて見るんだろう。

夢は自分の認識が反映されるはずなのに。

それともこれは夢じゃないのか？

いや、夢でしょう。

何となく分かるよね、特に夢から覚める一歩手前では。

そうそう、もうすぐ現実に帰る時間だ。

茂みが遠ざかっていく――。

＊

……誰かがドアをノックしている。
僕はうっすらと目を開けた。
見知らぬ天井が見える。
ここは……？
そうか、四元館。
どれくらいの時間、眠っていたのだろう。
スマホを見ると、五月三日の午前八時だった。
緊迫した状況でこんなに熟睡してしまうとは。よほど疲れていたのだろう。
その時、再びドアがノックされた。
そうだ、この音で目が覚めたのだ。
大きな音で何度も何度も――まさか何かがあったのか⁉
ベッドから跳ね起きた。
枕元《まくらもと》の相以が話しかけてくる。
「輔さん、ただ事ではなさそうです」

「分かってる」

　スマホを引っ掴んで戸口に向かうと、解錠済みだったらしく僕が開けるより早くドアが開いた。

　そこには一ノ瀬が立っていて、僕の顔を見るなり言った。

「良かった、合尾さんは無事ですね」

「何かあったんですか」

「カトルさんが自室で亡《な》くなっているのが発見されたのです」

「えっ、カトルさんが――」

　彼女の顔が脳裏に浮かぶ。

　奇行を繰り返し意思疎通《そつう》のできない人物だったが、それでもやはり面識がある人が死んだというのはショックだ。

　寝起きということもあり、少し立ち眩《くら》みがした。

「大丈夫ですか、合尾さん」

「ええ。それより死因は――」

「それがハッキリしないのです。目立った外傷がなくて。現場の状況からして、ひょっとしたら毒じゃないかしらとも思うのですが、私のような素人《しろうと》には何とも」

　僕たちが調べましょうか――と名乗りを上げたかったが、置かれている立場的に言えないでいると、相以が代弁してくれた。

「現場を見せてください！」

一ノ瀬は渋るかと思ったが、意外とあっさり承諾してくれた。

「分かりました。事件の捜査に慣れたお二人なら死因が分かるかもしれません。それに、現場には他にも不可解な点があるので、尚更《なおさら》専門家の知恵を拝借したかったのです」

「不可解な点？」

相以がすぐさま反応する。

以前だったらその後に「面白くなってきましたね」などと不謹慎な言葉を付け足していただろうが、最近はそれを自重するくらいの分別は持ち合わせている。

僕は身支度をすると、一ノ瀬の案内でカトルの部屋に移動した。

風車と水車の騒音を少しでも和らげるため、各人の寝室は館の外周部ではなく、中庭を取り囲むように配置されているという。逆にかつての錬華は風車の音を気に入って、わざわざ風車の側の部屋を選んだらしいが。

二階南西に位置するカトルの部屋のドアを開けると、室内には二村が立っていた。

二村は僕を見て一瞬驚いたように眉《まゆ》を上げたが、一ノ瀬が事情を話すとすぐ納得したようだ。

それより肝心の部屋の主は——。

いた。

カトルは部屋の中央で横ざまに倒れていた。

その表情は苦悶《くもん》の魔人の手で捏《こ》ねられたように激しく歪《ゆが》んでいる。

僕は指紋を付けないよう手袋を嵌《は》めて手首の脈を確認したが、一ノ瀬が言う通り絶命していた。

死体の側《そば》には空のガラスのコップが転がっており、その周囲には、今はほとんど乾いているが水が撒《ま》き散らされたような痕跡《こんせき》が残っている。

まるで水を飲んでいる最中に突然苦しみ出し、そのまま死亡したように見える。

それで一ノ瀬は毒を疑ったのだろう。

「第一発見者はどなたですか」

相以の質問に一ノ瀬が答える。

「私です。なかなか朝食に下りてこないので、この部屋のドアをノックしたのですが、何度呼んでも返事がありませんでした。不安に思いマスターキーでドアを開けると、室内はすでにこの状況でした。その時脈も取りましたが、もう亡くなっていました」

「多少返事がなかっただけで、マスターキーで室内に入るんですか。寝ているだけかもしれないじゃないですか」

「結構長いこと呼びましたからね。それにカトルさんはいつも早起きなのを知っているので。それで虫の知らせがしたんです」

「なるほど。それから一ノ瀬さんはどうしましたか」

「欽一さんに続いて二度目の事件なので、後の捜査に生かせるよう落ち着いて室内を調べました。室内には誰も潜んでおらず、ドアの鍵は机の上に置かれており、窓の鍵も内側から施錠されていました。所謂《いわゆる》密室状態だったわけです」

「あなたが持っているマスターキーを除いては」

「それはそうですね。しかし私は犯人ではありません。二階廊下の南西角に私が、南東角に二村が陣取り、徹夜で全員の居室が視界に入るよう廊下を見張っていましたので」

「ええっ、お体は大丈夫ですか」

僕が驚いて尋ねると、二村が答える。

「お嬢様と館の住人を守るのが我々の使命ですから」

徹夜したというのに二村は相変わらず精悍《せいかん》だし、一ノ瀬は涼しげだ。疲れを表に出さないのもまたプロらしい。

相以は質問を続ける。

「つまりお二人が犯人ではないことはお互いが保証しているというわけですね」

「はい」

「夜間に部屋を出入りした人はいますか」

「いいえ。もちろんこの部屋にも出入りした人はいません」

「ということは二重の密室ということですか。自殺か事故か病死なら簡単なのですが、もし殺人ならいささか厄介ですね。部屋を調べ終わった後はどうしましたか」

「食堂にいる他の方々に事件のことを伝えた後、合尾さんの部屋のドアをノックしました。なかなか起きてこなかったので心配しましたよ」

僕はちょっと照れ笑いした。

「やっぱり山登りで疲れていたみたいです。他の方々は今――」

「各自の部屋で待機していただいております」

「ここに至るまでの経緯は大体分かりました。それでは輔さん、死体を調べてください」

「分かった」

僕は唾《つば》を飲み込むと、意を決してカトルの死体に近付いた。

胸元を覗《のぞ》き込むと、体の下側に鮮紅色の死斑《しはん》ができていた。

僕はだらりと開いた死体の口元に鼻を近付け、手であおいだ。

「真っ赤な死斑とアーモンド臭……青酸中毒の症状です。断言はできませんが」

「分かるのですか」

と二村が目を見張る。

「あ、まあ……相以には嗅覚《きゅうかく》などの五感がないので、僕が補えるところは補えればなと思って勉強しました」

「優秀な助手なのです」

相以が誇らしげに言う。

青酸カリは胃酸と反応してアーモンド臭を発するというのは有名な話だが、アーモンドと言われて思い浮かべるナッツの臭《にお》いではなく、収穫前のアーモンドの臭いだということはあまり知られていない。

そこで僕はわざわざアーモンド農園を訪れ、その臭いを覚えておいたのだ。

相以の助けになりたいという理由はもちろんあるが、ミステリマニアとして一度例のアーモンド臭を体験しておきたかったという雑念がなかったと言えば嘘《うそ》になる。

閑話休題。

さて、コップに入っていたはずの水はどこから来たのか。

サイドテーブルの上にガラスの水差しが置かれていた。

蓋《ふた》がなく、下の方が深い藍色《あいいろ》の色ガラスになっている。

僕の部屋にも同じ場所に同じものが置かれていた。各部屋に備え付けられているのだろう。

僕の視線に気付いたらしい一ノ瀬が言った。

「その水差しの中、見ていただけますか。変なものが入っているんです」

「変なもの？」

「はい、口ではちょっと説明できないような……とにかく実際に見ていただくのが話が早いかと」

そこまで言われると気になる。一体何だというのだろう。

僕は恐る恐る水差しに近付き、そっと中を覗き込んだ。

「うわっ…………ん？」

水差しは水で満たされており、藍色になっている底に何か黄色い物体が沈んでいた。最初それが芋虫みたいな形に見えたのでビックリしたのだが、目を凝らすとどうやらそうではないらしいと分かってきた。

黄色い寒天？　みたいな半透明の立方体？　が一、二、三、四、五……六個か。六個繋がっている。あ、繋がっているのは片側だけなのか。反対側は蛇腹のようにビラビラ開くようになっている。

何だこれ？

半透明の黄色い立方体でできた芋虫のような何か。そう形容するしかない。

日常生活を送る中でこんな物体を目撃する機会はないだろう。

だが奇妙なことに、僕はそれに見覚えがあるのだった。

いや絶対見たことないよ、こんなもの、逆にどこ行ったら見れるのこれ。

いや、ある。確かに見たことがある。

最近の話だ。どこで見たのだったか。思い出せ……。

おっと、その前に相以にも見せておかないとな。また文句を言われてしまう。

僕はスマホのカメラを水面に向けた。

するとすぐに相以の口から僕の疑問に対する答えが語られた。

「あ、これ、食べられるロボットじゃないですか。前回のロボット万博で優勝した子です」

「え？　ロボット万博って一昨日《おととい》の？」

「そうですよ。前回優勝者であるこの食べられるロボットの動画が一台のパソコンで再生されていたのを、私は見ていたんです。はい、これがその動画です」

相以はメモリから引き出した動画を表示した。

写っているのは、確かに今水差しの底に沈んでいる物体と、まったく同一の存在だった。

動画によると、食べられるロボットはゼラチンで作られたアクチュエータ。

アクチュエータという言葉は知らなかったが、動画の説明を掻《か》い摘まんで言うと、入力されたエネルギーを運動に変換する機械のことらしい。

今回、入力するエネルギーは圧縮空気。

ゼラチンでできた六個のブロックのうち任意の数個に圧縮空気を注入して膨張させることで、数パターンの能動的な運動を可能とする。

この発明の肝は、可動部分も含めてロボットのすべてのパーツが「食べられる」ということだ。

例えば、被災地で瓦礫《がれき》の下に閉じ込められている要救助者がいるとしよう。

そこでこのロボットを尺取り虫のように移動させれば、瓦礫の下をくぐり抜けられるだけでなく、咀嚼《そしゃく》する力を失った要救助者の食道さえも自ら進んで、栄養を消化器官に届けることができる。

目下、実用化に向けた取り組みが進行中。

――というのが動画の内容だった。

「そういえば柿久教授がそんな話してたなあ。自分が出展した秘書ＡＩのｋｅｉｋｏが食べられるロボットに負けたとか何とか」

「ｋｅｉｋｏさんも優秀な方なんですけどね」

相以の中でのｋｅｉｋｏの評価は相変わらず高いようだ。

会場で流れていたという食べられるロボットのプロモーション・ビデオはきっと僕の視界の片隅にも入っていたに違いない。それで既視感があるのだ。

「はあ、この黄色いのはゼラチンですか」

「そういえばゼラチンってこんな色してますね」

二村と一ノ瀬が納得したように言う。

でも納得できないこともある。

「でも何でその食べられるロボットがこんなところで水差しに沈んでるんだよ」

山奥の洋館に突如出現した最先端のロボットはまるでオーパーツだ。同じく最先端の存在である以相が関与しているのだろうか。

「前回の万博に出展されたものですから、もう市場に出回っていてもおかしくはないですが……」

相以が考察していると、一ノ瀬が思い出したように言った。

「そういえばカトルさんの離婚した元ご主人がロボット工学系のベンチャー企業に勤めていたような、そんな記憶がございます。もしかしたらその伝《つて》で食べられるロボットを手に入れたのではないでしょうか」

「ロボットを持ち込んだのはカトルさんだ、というお話ですか」

「はい、もちろん憶測に過ぎませんが」

しかし意外というか、娘がいるから当然ではあるのだが、あのカトルにもかつては夫がいたのだなあ。

昔からオカルトに傾倒しがちだったというカトルと、ロボットという科学の粋《すい》を扱う夫とでは、反りが合わなかったのではないか。

しかしそれでも一度は夫婦となった二人。娘もいる。離婚後もそれなりの関係を築いていたのだとしたら、食べられるロボットを横流ししてもらうことも可能だったかもしれない。

「カトルさんの荷物を調べてもいいですか。何か手がかりがあるかもしれません」

「望むところです」

何やら乗り気の一ノ瀬と二人で鞄《かばん》を漁《あさ》る。

するとと出るわ出るわ。

食べられるロボットを入れていたと思われるプラスチック・ケース。

ゼラチン内に圧縮空気を注入するのに使えそうなスプレー缶とチューブ。

褐色瓶に入っている、まるで青酸カリのような白い粉末。

まだ中に何かの溶液が残っている注射器。

「いや、出すぎでしょ」

「これはもう確定したのではないでしょうか。食べられるロボットを持ち込んだのはカトルさんだと」

一ノ瀬の意見は至極もっともだが、相以は慎重だ。

「出来すぎています。これだけ露骨だと何者かのミスリードを疑わないわけにはいきません」

「同じミステリマニアとしてその気持ちは分かるよ。でもミスリードって言っても、具体的にどの方向にミスリードしようとしているのさ。カトルさんが青酸中毒で亡くなって、彼女の鞄から白い粉末が発見された。ということは自殺にミスリードしたいのか？　でも自殺に見せかけるには現場がガチャガチャしすぎているよね」

「ガチャガチャ？　どういう意味ですか？」

「ごめん、アバウトすぎたね。つまり余計な要素が多すぎるってことさ。例えば水差しの底に沈んでいた食べられるロボットとか、中に溶液が残っている注射器とか、もし自殺ならそれらのピースはどこに収まるわけ？」

「水に溶かした青酸カリをゼラチンに注射して水差しに放り込む。注射された穴から青酸カリが水の中に染み出してきて、それを飲んだカトルさんは死に至る――」

　僕の質問に律儀に答えただけで、よもや本気でそんなことを考えているわけではないだろう。

「そんな回りくどい自殺する人いる？　普通に青酸カリをコップの水に溶かして飲めばいいだけじゃん。この現場は――何と言ったらいいかな――その――つまり――曖昧なんだ。他殺なのか自殺なのか事故なのかすらまだ分かっていないくらいだ。偽《にせ》の答えに誘導しようとするミスリードが行われた気配がない。だから逆に現場に残されていた手がかりは本物だと思うんだけど」

「輔さんの言いたいことは分かりました。ミスリードの件については一旦保留としましょう。でも私がミスリードを疑ったのは、逆算して考えたからなのです」

「逆算……と言うと？」

「はい。自律移動できる食べられるロボット。この要素を直感的に分析すると、出てくる答えは『自殺』ではなく『他殺』じゃないですか」

「えっと……それはどういうこと」

議論が飛躍し始めて付いていけなくなってきた。

「『自律移動できる食べられるロボット』なんて場違いな要素が突然出現したからには、そこには必然性がなければなりません。必然性——つまり遠隔殺人のトリックに使われたからこそ今この場に存在しているのだということです」

「遠隔殺人！」

「この本質直観により私は最初から『殺人』を疑っていたからこそ、『自殺』を示唆《しさ》する鞄の中身はミスリードだと考えたわけです」

「でも遠隔殺人って……いや、説明してもらうまでもない。ゼラチンに青酸カリを注射したロボットをどこか離れた場所からスタートさせて、水差しの中にゴールインさせる的な奴だろ」

「大正解です。やはり輔さんもそれに気付いていましたか」

　相以が嬉《うれ》しそうに言う。

「まあ真っ先に頭には浮かぶよね。浮かぶけど荒唐無稽《こうとうむけい》っていうか、そんなことする必要性がないっていうか……」

「いや、必要性はありますよ。それはスタート地点がどこかを突き止めれば自ずと分かることです」

「どこがスタートなのかもう分かってるのか？」

「ふふふ、水差しの水面をよく見てください。何かに気付きませんか」

　言われて僕は目を凝らした。

　すると、何かふわふわしたものが水面をたゆたっていることに気付いた。

「これは――埃《ほこり》か？」

「その通り。そして水面に埃が落ちてきたとすれば？」

「――上か！」

　頭上を見上げると、ちょうど水差しの真上に換気扇があった。

「まさか換気扇の羽根の隙間からロボットが侵入してきて、水差しの中に飛び込んだっていうのか」

「私はそう考えています。一ノ瀬さん、換気扇のダクトはもしかして他の部屋と繋がっているんじゃないですか」

「ええ、そうですが」

「犯人は自室の換気扇を外し、そこから腕を突っ込んで、青酸カリ水溶液を注射したロボットを横穴に置きました。ロボットは圧縮空気によって尺取り虫のようにダクトを移動し、この換気扇の羽根の隙間から水差しの中に落下します。水差しの置き場所はどの部屋もこのサイドテーブルと決まっているようですからね。注射された穴から青酸カリが水の中に染み出していきます。水差しは底の方が色ガラスになっているため、カトルさんはロボットに気付かないままコップに水を注いで中毒死――という手筈《てはず》です」

「なるほど、誰もが警戒して施錠した自室に閉じ籠もっている。廊下は一ノ瀬さんと二村さんが監視。この状況で犯人は飛び道具を使うしかなかったということか」

「そういうことです。そうと分かれば、あの換気扇を取り外して中を確認したいのですが」

「私がやりましょう」

二村は工具を取ってくると、椅子《いす》に乗って手際《てぎわ》良く換気扇を外した。

僕は二村と入れ替わる形で椅子に乗ると、スマホのライトでダクトの奥を照らした。

換気扇が繋がっている縦穴はすぐ上の横穴に合流していた。

「輔さん、横穴に手は届きそうですか」

「頑張れば……何とか！」

僕は椅子の上でピンと背伸びをし、横穴の底面に指先を引っかけた。埃の感触。

「それから横穴をスマホのライトで照らして、ダクト内の様子を撮影してください」

僕は今度はスマホを持った腕を伸ばし、言われた通りにした。

椅子から下りて撮影した写真を見る。

横穴は北にのみ延びており、数メートル進んだところで二手に分かれるT字路になっていた。そして底面に一筋の埃が取れた跡。それは僕が今手を突っ込んだ部分から始まり、T字路を左折して消えていた。

「左折した先のダクトはどこに続いているんですか」

「位置関係から考えて、この部屋の浴室の換気扇と思われます」

「輔さん、浴室へ！」

僕たちは浴室のドアを開けた。

天井に換気扇が付いている。居室から椅子を持ってきて、縦穴の上の横穴を撮影した。

こちらの横穴は東西に延びており、中庭に面した全室の浴室を繋いでいるとのこと。

西側は突き当たりで右に折れているようだ。

東側は先が見えないが、その底面に埃が取れた跡。それはしばらく進んだところで右折して消えている。

「埃が取れた跡は、居室の換気扇と浴室の換気扇を繋いでいるみたいだな。それ以外の場所に埃が取れた跡はない」

「まるで犯人はこの浴室から毒入りロボットを発進させたように見えます」

「でもそれって変じゃないか。だってここは二重密室。浴室に立ち入れたのもカトルさんしかいない。だけどカトルさんが毒入りロボットを浴室から居室まで移動させる必要はどこにも……」

「はい、ありません。もしそうだとすれば自殺になりますが、そんな回りくどいことをしなくても直接青酸カリを飲めばいいだけですから」

「だよなあ。じゃあ一体この埃の跡は何なんだ」

「分かりません。一旦埃の跡を無視して考えると、最有力容疑者は両隣の部屋の住人ということになるのですが。ロボットはそんな複雑な動きはできないと思いますので長距離移動は難しいでしょう。両隣は誰ですか」

二村は一ノ瀬と顔を見合わせてから答えた。

「北隣は三名本。そして東隣が……お嬢様です」

「以相の依頼者と目されている錬華さんですね」

「違う、お嬢様はそんなことしない！　三名本の方がずっと怪しいですよ！」

二村は声を荒らげてから我に返り、か細い声で「すみません」と謝った。

僕は少し二村に味方したい気分になって、相以の推理の不備を指摘した。

「でもその二人のどちらかが毒入りロボットを送り込んだなら、その部屋の方向から埃が取れた跡が伸びてくるはずだよね。それに、どうやってスプレー缶や青酸カリの瓶をカトルさんの部屋に運び込んだのかも分からない。まあ欽一さんが亡くなるまではみんなフリーだったから、それ以前に部屋に運び込んでおいたのかもしれないけど、カトルさんに気付かれちゃう可能性も高いし」

「その通り」

と相以はあっさり認める。

「まだ分からないことだらけなんです。埃が取れた跡を残さずにロボットを長距離精密移動させる方法があるなら、離れた部屋の住人にも犯行が可能になるわけですからね。今はまだまだ情報が必要です。そこで他の人々に聞き込みをしたいのですが大丈夫でしょうか」

「はい、大丈夫です。お二人が軟禁されている状態で新たな犠牲者が出たわけですし、これ以上文句は言わせません。それよりお二人に自由に捜査していただいた方が、事件の解決が早まると思います。どうか一刻も早い解決をお願いします」

そう言って一ノ瀬は深々と頭を下げた。

「ちょっといいですか」

と二村が手を上げる。

「毒針事件のこともありますし、お嬢様の側にいて差し上げたいんです」

「それじゃこの部屋は施錠しておきましょう」

一ノ瀬はマスターキーでカトルの部屋を施錠した。

二村は錬華の部屋に向かい、僕と一ノ瀬は聞き込み捜査のために各部屋を回った。

しかし誰も彼も「ずっと寝ていた」「何も聞いていない」ばかりでロクな情報は得られなかった。

単調な時間の中、たった一つだけ印象に残る出来事があった。

三名本への聞き込みを終えて部屋を辞するとき、不意に相以が言ったのだ。

「スマホの充電、終わっていますよ」

「あ、本当だ。サンキュー」

三名本はそう言って充電器からスマホを取り外した。

しかし気のせいだろうか、充電器のランプは赤く点灯しているように見えたのだが……。一般的に赤で充電完了ということはないのでは？

だがＡＩの相以が見間違えるはずないので、僕の見間違いだろう。

そう自分を納得させて部屋を出た。

＊

聞き込み捜査の後は、かねてから相以が気にしていた竹垣を調べに行くことになった。

僕は一ノ瀬と別れ、一人で正面玄関を出た。西面経由で北面に回り、露天風呂を覆《おお》い隠す竹垣のところへ。

　相以が気にしている竹は、竹垣の北東角に位置する一本だ。

「やっぱりこの竹だけ後から立てられた気がするんですよねー」

「こんな山奥でどうやって竹なんか調達するんだよ」

「私たちがここまで登ってくる途中に竹林があったじゃないですか」

「ああ、そういえば足を滑らせた僕が咄嗟《とっさ》に摑まったのが竹だったな」

当然竹が一本だけ生えているわけもなく、その奥は竹林となっていた。

「ちょっと輔さん、引っこ抜いてみてくれませんか」

「ええっ、そんなことしていいのかよ」

「いいんですよ」

「いや、君が許可出せることじゃないから」

「いいから早くしてください。事件解決のためです」

「そう言われたらしょうがないな」

僕は竹の根元にしゃがみ込み、力を込めて引き抜こうとした。

だが、ビクともしない。

「ダメだ。相当深くまで埋められてるよ」

「そうですか。それじゃ次はよじ登ってみてください」

「次々と無理難題！」

「それで問題の竹の断面と、他の竹の断面を、上から見比べてみてほしいんです」

「はいはい、分かったよ」

僕は竹垣の節に足をかけると、運動不足の体に鞭打《むちう》ってよじ登り始めた。

他の竹もしっかりと埋め込まれているらしく、倒れそうな気配はない。

何だか覗きになった気分だ。

竹垣の上まで登ると、横にスライドして問題の竹をチェックした。

断面を見比べろとか言ってたが、どうせ同じ——じゃない。

明らかな違いがあった。

他の竹はすべて断面を塞《ふさ》ぐ加工がされているのだが、問題の竹だけは空洞のままなのだ。

中をスマホのライトで照らしてみたが、底までは光が届かなかった。

「確かにこれだけ空洞なのは気になるけど、別に普通の竹に見えるけどな」

「ちょっと中を嗅《か》いでみてください」

「えっ、匂《にお》いを……別にいいけど」

僕は空洞に鼻を近付けて匂いを嗅いだ。

すると地熱の熱気に乗って、わずかに鼻を突く臭《にお》い。

これは……。

「火薬の臭いがする」

「やはりそうですか。思った通りでした」

「どういうことなんだ」

「それは全貌《ぜんぼう》が見えてから説明します。とりあえず下りましょう」

「名探偵あるあるだな。都度、助手と情報を共有しない」

「ヘイスティングズ、君は顔に出るからね」

僕は竹垣から下りた。

「さあ、次はどんな運動をさせるつもり？」

「風車塔に上りましょう」

「今度はそんなハードじゃなくて安心したよ」

館の北東角を曲がって、風車塔に向かった。

「やっぱり始まりの事件であるてとらさんの死に立ち返ることが重要だと考えているんだね」

「それもそうなんですが、一つ気になる点があって……」

「気になる点？」

と聞いても返事なし。どうも煮え切らない様子だ。

風が強い東の崖の上を歩き、風車塔に入った。

螺旋《らせん》階段を上り、管理人室へ。

キャンバスと筆を載せたイーゼル。硬そうなベッド。無骨なテーブル。ガラガラに空いたラック。

昨日訪れた時と何も変化はないようだ。

だというのに。

相以の反応が異常だった。

「ああ、やっぱり！　でもまさかこんなことが——」

「おい、どうしたんだよ。昨日と何も変わってないだろ」

「ああ、違う。輔さんは何も分かっていない。何も変わっていないからこそ問題なんです」

どういう意味？

尋ねるより早く、相以の口から衝撃的な言葉が飛び出た。

「犯人が分かりました」

「何だって？」

「てとらさんと欽一さんとカトルさんを殺害し、電話線を切断し、吊り橋を燃やした犯人が分かったと言ったのです」

AIA

「いきなり私たちを集めて何のつもりなのよ！」

銀子《ぎんこ》がヒステリックに問い詰めてきた。

僕は一《いち》ノ瀬《せ》と二《に》村《むら》に頼んで、全員を一階西の応接間に集めたのだった。

相《あ》以《い》が答える。

「犯人が分かったんですよ」

「犯人が――ってロボットが何を馬《ば》鹿《か》なことを」

「まあまあ、まずは拝聴してみましょうよ。彼らの話を信じるかどうかはそれからってことで」

意外なことに取り成してくれたのは三《み》名《な》本《もと》だった。軽薄な口調が気になるが、今は有り難い。

銀子はまだ何か言おうとしていたが、場の空気に負けたのか結局口を閉ざした。

「さて――」

名探偵の川柳で有名な一言を皮切りに、相以は話し始めた。

「この四元館では奇妙な事件が続きました。去年てとらさんが不審死を遂げた事件。昨日欽一《きんいち》さんが銃で撃たれて死亡した事件。電話線が切断され吊《つ》り橋が燃やされた事件。錬華《れんか》さんのぬいぐるみに毒針が仕掛けられていた事件。カトルさんが中毒死した事件。一見関連がなさそうなこれらの事件ですが、実はある『共通点』に気付けば事件の構図が一気に明らかになってくるのです」

「共通点？」

「てとらさんが寝泊まりしていた風車塔の向かいにあったのは、元の錬華さんの部屋でした。欽一さんの死体と弾痕《だんこん》を結んだ線の先にあったのは、今の錬華さんの部屋でした。カトルさんの部屋とダクトで繋《つな》がっている隣室も、錬華さんの部屋でした。すべての現場の側《そば》には錬華さんがいたのです」

その言い方だと錬華が犯人のように聞こえるけど……。

案の定、銀子が食い付いてくる。

「やっぱりこのガキ——錬華が主人を殺したっていうの」

「違う、私そんなことしてない」

「いえ、錬華さんが犯人だとすれば、各事件に存在する不可解な点に説明が付きません。例えば私たちが欽一さんの死体を発見した直後に銅太《どうた》くんがクローゼットから出てきた時、どうして床が軋《きし》む音しかしなかったのか」

「え、俺？」

突然名前を呼ばれた銅太は困惑したように眉《まゆ》をひそめた——いや、そこに含まれている感情は困惑だけじゃない気がする。何だろう——警戒心？

「音がどうしたって言うんだよ」

「私たちが食堂のクローゼットを開けた時、ガチャッという音がしました。しかし銅太くんが隠れていた同じ型のクローゼットから出てきた時は、その音がしなかった——なぜか」

そうか、クローゼットの音。僕も聞いていたのに気付かなかった。

「それは銅太くんが太っているせいで、クローゼットの扉が完全に閉まりきっていなかったからです」

僕でもギリギリの奥行きだったのだから、太っている銅太なら扉が閉まらないのも頷《うなず》ける。

「クローゼットの扉が少し開いていたということは、ベランダに立っている欽一さんが見えたはずです。加えて『何で親父《おやじ》の方が死んで』という意味深な発言——銅太くんは何かを目撃したのです。でもそれを隠して、あたかも今クローゼットから出てきて異変に気付いたようなふりをした——なぜか！」

銅太が何か言いかけたが、遮るように相以は言った。

「シンプルな話です。現場の状況から、欽一さんはベランダの外に猟銃を向けている際に撃たれたと考える。そしてその銃口の先には錬華さんの部屋の窓があった。欽一さんは錬華さんを狙撃しようとしていたのです。それを目撃してしまった銅太くんは父親を庇《かば》うために嘘《うそ》をつくしかなかった」

「ウチの子を巻き込まないでちょうだい！　そんなの見てないわよね銅太」

苛烈《かれつ》な口調から一転して猫撫《ねこな》で声で語りかける銀子。

銅太は長い間俯《うつむ》いて黙り込んでいた――が不意に口を開いた。

「見たよ。親父が錬華の部屋の方にライフル撃つとこ」

「まあ何てこと！　すみません皆さん、この子混乱してるみたいで……」

ひきつった笑みを振りまく銀子を無視して、相以は銅太に尋ねた。

「その後はどうなったんですか」

「分かんね……。正直、俺、銃声でビビっちゃってさ。その後しばらく気絶してたんだ。でも気絶する直前、親父が後ろに倒れていくような記憶もあって、銃の反動かと思ったけど、あの時もう撃たれてたってことなのか」

「その時、あなたはバルコニー全体が見えていたんですか」

「いや、クローゼットはちょっと斜めの位置にあっただろ。それに扉の隙間《すきま》も狭いから、親父は見えたけど全体は見えなかった。だから誰かいたかとかは……。くそっ、気絶してなきゃ犯人を見れたかもしれないのに」

銅太は弱々しく呟《つぶや》く。

十歳の少年が目の前で親のそんなシーンを見てしまったら、失神するのも無理はないだろう。

「誘導尋問はやめて！」

銀子はまだ抗弁している。

「誘導尋問？　その用法は正しくないですね」

「黙れポンコツロボット。大体どうして主人が錬華を狙撃《そげき》する必要があるのよ」

「推理小説で統計的に最も多い動機――すなわちお金です。もうすぐ錬二《れんじ》さんが行方不明になってから七年が経過します。そうなれば失踪《しっそう》宣告が行われて、五月四日になった瞬間、最も相続順位が高い錬華さん一人に相続が発生します。ところがそれまでに錬華さんが死亡すれば？　相続資格を持っているのは、錬二さんの兄弟姉妹である欽一さん、カトルさん、三名本さんの母親の三人となります。金銭的に困窮した欽一さんは遺産を相続するべく錬華さんの殺害を企《たくら》んでいたのです」

「金銭的に困窮したァ？　失礼、無礼、非礼！　あんた、ウチの通帳盗み見たの？　見てないでしょ？　憶測でモノ言うんじゃないわよ。大体家の中で猟銃なんてぶっ放したら、すぐ自分が犯人だってバレちゃうでしょうが」

「はい、遺産相続のために罪を犯したと露見すれば相続資格を失ってしまいます。そこで欽一さんはトリックを仕掛けました。露天風呂《ぶろ》に竹垣があるでしょう。その中に一本だけ、後から立てられたような空洞の竹がありました。欽一さんが水平山《すいへいざん》に生えている竹を加工して立てたのでしょう」

「何だって主人が竹なんか……」

「欽一さんは竹筒の上部に固めた雪を詰めて、その上にかんしゃく玉を置きました。かんしゃく玉が湿気《しけ》らないように仕切りを挟んだかもしれません」

かんしゃく玉――見た目は小さいが、刺激を与えると驚くほど大きな破裂音を発する火薬の塊だ。僕は使ったことないけど、小学生の頃やんちゃな同級生がかんしゃく玉を投げ合っているのを見たことがあるな。最近の子供はかんしゃく玉で遊んだりするのだろうか。

「この一帯は温泉が湧《わ》いており発電に使われるほどの地熱を帯びています。地中に埋まった竹の中を上る熱気が雪の栓を溶かしていくと、かんしゃく玉はそのうち落下して竹筒の底に叩《たた》き付けられます。元々かんしゃく玉は映画やドラマの撮影で銃弾が命中した時の効果音に使われるほどですが、それが銃身のように細長い竹筒を通して上空に放たれることで、より銃声に近い音となったのです。ま、それでも七十八パーセントほどしか再現できなかったようで、私はずっと『銃声のような音』と表現してきたのですがね」相以は得意気だ。

「それでも録音よりはリアルで、巨大スピーカーなどの目立つ道具も不要な方法です。欽一さんは事前にかんしゃく玉なしの雪だけで何度も実験し、どれくらいの時間で溶けるのかを把握していたのでしょう。消音器《サイレンサー》付きのライフルで錬華さんを射殺した後、皆の前に現れ、その最中に偽《にせ》の銃声がすればアリバイができる――そういう計画でした。なぜか現場がすぐに分かった銀子さんも共犯でしょうね。廊下で人が来ないか見張っていたのでしょう。しかしそれ以前からクローゼットでかくれんぼをしていた銅太くんには気付かなかった」

　銅太は状況から銀子が共犯だということも察していたかもしれない。

　そうか、それで昨夜の口論だ。

『一人が危ないって言うならさ――お袋と一緒にいるのも危ないじゃんか』

　というのはそういう意味だったんだ。

「さっきからゴチャゴチャと意味不明なことばかり……。何か勘違いしてないかしら」

銀子は激しく錬華に指を突き付けた。錬華はギュッと縮こまって象を抱き締める。

「死んだのはこの子じゃない、主人の方なの！　主人が犯人だって言うならどうしてそんなことになったのよ！」

「それは後でまとめて説明します。すべての事件は同じ法則の下に起きているのです」

「後ですってえ」

なおも絡《から》んでこようとする銀子を無視して、相以は話を進める。

「さて、次はカトルさん殺しについて説明します。密室内で食べられるロボットにより中毒死するという不可解な事件でした。しかしヒントは天井裏にありました。浴室の換気扇と水差しの上の換気扇を繋ぐダクトに、ロボットが這《は》ったような跡が残っていたのです。さらにロボットと青酸カリをカトルさんが持ち込んだとしか思えない状況……。こちらもシンプルに考えるべきです。室内にいたのはカトルさんだけ。浴室から毒入りロボットをダクトに入れたのは彼女だということです」

「何のために？」

三名本がからかうように問いかける。

「まさか水差しに池ポチャさせて自殺するため？　そんな回りくどい自殺するわけないよね」

「そう、するわけありません。カトルさんは『自殺』ではなく当然『殺人』のためにロボットを発進させたのです。五月四日になるまでに錬華さんが亡《な》くなれば遺産を相続できる人物の中にカトルさんも含まれていましたね。そう、彼女もまた遺産目当てで隣室の錬華さんを毒殺しようとしたのです」

「あのイカれたばーさんもハニーを狙《ねら》ってたのか？　許せないな。やっぱり毒入りロボットはハニーの水差しを狙った感じ？」

「いえ、カトルさんの浴室と錬華さんの浴室は一直線のダクトで繋がっていますが、錬華さんの水差しがある居室は枝分かれした先にあるので狙うのは難しいでしょう」

「じゃあダメじゃん。都合よくハニーの口に飛び込む確率なんてゼロに近いでしょ」

「そこまで低くありませんよ。なぜなら錬華さんの浴室の換気扇の下では、錬華さんが上を向いて口を開けているからです」

「ええ、なぜだい？　美味《おい》しいロボットを送り込むからって事前に伝えてたとか？」

「そんなことを言っては警戒されてしまいます」

「だよねー」

「錬華さんはまったく別の事情でそうしていたのです。ですよね、銅太くん？」

思わぬ名前が出た。全員の視線が銅太に集中した。

「何だよ。俺は何も知らねえよ」

「あなたと錬華さんは夜な夜な浴室の換気扇のダクト越しに会話をしていましたね」

「君たちそんな関係だったのか。子供のくせにマイハニーに手を出すとは……腸《はらわた》が煮えくり返りそうだよ」

「違う、錬華はただの子分だよ！」

銅太は顔を真っ赤にして反論した。

この手の子供が言う「子分」とは「友達」という意味である。

しかし錬華と銅太は行動を共にしているように見えなかったから意外だ。仲がいいのを隠していたということだろうか。何のために？

銅太は顔を伏せてボソボソと早口で説明する。

「何かハズいし、ウチの親もあまり錬華のこと好きそうじゃなかったから隠してたんだよ。クローゼットに隠れていたかくれんぼも実は錬華とやってたんだ。自分の部屋で五分数えてもらってその間に隠れるっていう……。でも何でダクト越しにしゃべってることがバレたんだ？」

「ダクトを通じて私たちの部屋まで聞こえてきたからですよ。ねえ、輔《たすく》さん」

「え？　そうだっけ……あ、もしかして！　昨夜夢を見たんだ。二人の子供がしゃべっている夢を。あれは二人が実際に話している声を夢うつつで聞いていたからだったのか」

どんな話をしていたっけ。確か――。

『俺は見たんだ。本当なんだって。本当に——が撃ったんだ』

正解は『本当に親父が撃ったんだ』か。

「マジかよ、他の部屋まで丸聞こえだったのか」

銅太は片手で顔面を押さえる。錬華も恥ずかしそうにモジモジしている。

「銅太くんが最近、一人部屋を希望するようになったのはそれが理由ですね」

「まあいくら浴室でしゃべるっても、親と同じ部屋じゃバレるしな」

「カトルさんも以前に自室の換気扇から二人の話し声が聞こえてきたことがあったんでしょう。それで今回の計画を思い付いた。錬華さんは換気扇に向けてしゃべっているわけですから、その口にロボットを飛び込ませれば、後は食べられるロボットの特性上、食道を進んで胃に青酸カリを届けてくれます」

「いや、でもやっぱりそう上手《うま》く行くかな」

三名本はまだ納得が行かないようだ。

「焦《あせ》っていたんでしょう。失踪宣告まであとわずかですから。一旦《いったん》錬華さんが相続してしまえば、その後で彼女が死亡しても、錬二さんの兄弟姉妹に遺産が逆戻りすることはありません」

その場合、錬華には相続人がいないから、遺書がなければ遺産は国庫行きだろう。

「ああ、なるほどね……。しかしあのイカれたばーさんがこんなこと思い付くかね」

「てとらさんの死で頭がおかしくなったふりをして、虎視《こし》眈々《たんたん》と機会を窺っていたのでしょう」

「待って！」

ここで口を挟んだのは今までずっと黙っていた錬華だった。

「すべての事件は全部同じ法則……って言ってたよね。っていうことはまさかてとらさんも？　てとらさんも私を殺そうとしていた？」

「あらゆる手がかりがそれを指し示しています。てとらさんは用意しておいた長いロープの先端を斜めに切り、風車塔のシャワールームでたっぷり水を含ませます。そして切った方の端をガムテープか何かで西向きの小窓の外側に固定し、切っていない方の端を小窓の外に垂らしていきます。事件翌日に唯一《ゆいいつ》開いていたという螺旋《らせん》階段二巻き目西向きの横軸回転窓をあらかじめ開けておき、そこから先端を塔内に滑り込ませます。螺旋階段を下りてちゃんとロープを引き込むと、極力たるませず真っ直ぐな状態で螺旋階段に這わせておきます」

「例の窓付近の螺旋階段が濡《ぬ》れていたのは……」

「はい、このためです。最後に横軸回転窓を限界の百八十度まで回転させてロープを挟むと、その状態で放置しておきます。外からだと窓はほとんど閉まっているように見えるので、異変には気付かれません。ロープも風車塔と同じ白いものを使えば、外壁に垂れているのを目立たなくできます。そのうち水を含んだロープは夜の外気温で凍結していきます」

「ロープって凍《こお》るんですか？」

と一ノ瀬が質問する。

「はい、そうなるとガチガチに固まってしまうので、冬山登山では浸水しないようドライ加工を施したロープを使うそうです。さて、ロープの凍結を確認したてとらさんは、まずシャワールームのガムテープを剝《は》がします。次に横軸回転窓の内側に伝ったロープを手袋を嵌《は》めた手で押さえながら、窓ガラスの外端が斜め下を向くまで慎重に窓を閉めていきます。すると凍結したロープは外壁に沿った状態からゆっくり弧を描くように回転し、錬華さんの部屋の窓を向きます。その先端は斜めに切った状態でガチガチに凍り付いているので、鋭利な刃物と化しています。こうして、てとらさんは長い槍《やり》を手に入れたのです」

推理小説でも氷そのもので凶器を作ることは難しいとされ、大抵は別解潰《つぶ》しの過程で否定される。だけど水を染《し》み込ませたロープを凍らせれば簡単に槍を作ることができるとは。

そして死体が手袋を嵌めていたのは冷たいロープを扱うためだったのか。

「凍結したロープはその長さからかなりの重量になりますが、窓ガラスの上を滑らせれば扱いやすくなります。塔内に引き込んでおいた部分のロープは、屋外部分よりは凍結が甘く柔軟性が残っていたはずなので、その半凍結部分を押し出し、槍の穂先で錬華さんの部屋の窓をノックしました。そして錬華さんが窓を開けて外を覗《のぞ》いた瞬間に、その鋭利な先端で突き殺そうと考えていたのです。その後、錬華さんの部屋の中でよく水切りならぬ『血切り』をすれば、錬華さんが室内にいた犯人に襲われて窓から逃げ出そうとしたところを刺し殺されたと偽装することが可能です。ちなみに『血切り』は手元の窓を細かく上下に動かせば、穂先も連動して上下するのでやりやすいです」

一連の犯行の想像をしたのか錬華が全身を震わせた。

相以は続ける。

「すべてが終わると、窓ガラスの外端が斜め上を向くように回転させて穂先を上昇させ、ロープを塔内に引き込みます。ロープが解凍されて軽くなってから管理人室の暖炉で燃やし、螺旋階段の水も拭《ふ》いておけば、残る証拠は灰くらいのもの。まあ完全な『血切り』は不可能でしょうから、雪の上や塔内に多少の血痕は残ると思いますが、少量の血液なら雪に混じって溶けて捜査不能となりますし、トリックが露見しなければ塔内のルミノール反応も調べられません。風車塔から唯一足跡が続く先の正面玄関が施錠されており、夜間館に入れなかったてとらさんは嫌疑を免れることができます」

「動機は……」

「もちろん遺産のためです。カトルさんが遺産を相続すれば、娘の自分もそれにありつけますからね。欽一さんと銀子さんが共犯だったと同じように、カトルさんとてとらさんも最初から共謀していたのでしょう」

「やっぱりあいつらも遺産目当て……」

一ノ瀬はそう呟きかけたが、今にも泣き出しそうな錬華に気付いて、ハッと口をつぐんだ。

「完璧《かんぺき》な犯行計画――のはずでした。ですが実際は錬華さんが窓を開ける前に『あること』が起きて、てとらさんは窓から転落してしまったのです。雪の上に落下したところに降下してきた槍が延髄に刺さり、彼女は絶命します。槍は夜間はずっと凍結を保ち、死体の上でピンと直立していたのですが、朝日が昇ると――現場は東側に位置しますからね――次第に溶け始めてただのロープに戻っていきます。ところで輔さん、昨日管理人室の窓を開けた時、強風が吹き込みましたね。あの窓はどちらの方角を向いていましたか」

一見無関係な質問に戸惑いながらも答える。

「確か北東……」

「その通り！　要は現場付近は東風が強いといっても、その中には当然北東からの風も含まれるわけです。その北東風によってロープは死体から抜けて吹き飛ばされ、ひとしきり館の外壁に押し付けられた後、南に飛んで崖《がけ》の下へと消えました」

「そうか、それで館の外壁に一筋の長い血痕が残っていたのか！　死後時間が経《た》ってるけど、ロープは死体から抜けたばかりだから血痕が付いてもおかしくない」

「そうです。これらすべての奇妙な証拠が、てとらさんが錬華さんを殺害しようとしていたという事実を示唆《しさ》しているのです」

「しかし、お嬢様を狙っていた連中が次々と逆に命を落とすことになった……。一体この館では何が起きているんですか」

　二村の問いに相以が答える。

「それを解き明かすためには、私が先程風車塔の管理人室で覚えた違和感を説明する必要があります。輔さんはあの光景を見て、昨日と何も変わってないと言っていましたよね」

「そう見えたけど……」

「変わってないからこそ問題なのです。管理人室の窓を開けた時の強風でイーゼルの端に載っていた筆が落ちた時、輔さんはそれを拾って元の不安定な位置に戻しました」

「亡くなった人の思い出の場所だから極力元通りにした方がいいかなって……何かマズかった？」

「マズいどころかむしろ手柄です。それが手がかりになったのですから。さて、私たちが今日再び管理人室を訪れた時、筆は昨日と同じイーゼルの端に載っていました。でもこれっておかしいと思いませんか」

「何が？　窓はすぐ閉めたし、その後筆が落ちる要因なんて――ああっ」

「気付いたようですね」

「地震だ。昨日の昼食の時、激しい揺れがあったのに、どうして筆は落ちなかったんだろう」

「その答えは一つしかありません。館は揺れたのに風車塔は揺れなかった。あの揺れは地震が原因ではなかったのです」

「じゃあ……？」

「この館を建てた人物のことを忘れていませんか。伊山久郎《いやまくろう》は風変わりな館ばかり建てることで有名な建築家。つまりこの四元館は『ある仕掛け』により動くのです」

「何ですって？　四元館が動く？」

「そんな話、聞いてませんよ！」

　使用人の二人が同時に声を上げる。他の人物も全員驚いているように見える。もちろん僕もだ。

「昼食の時の揺れはその仕掛けで館が振動してたってこと？　でも何でそのタイミング

で……」

「表面上は平和な昼食でしたが、実はあの時、水面下では一つの計画が進行していたのですよ。輔さん、あの食堂を最初に見た時、違和感を覚えませんでしたか」

「ま、また違和感か。普通の人は君と違ってそんなにいろいろ気付かないんだよ」

「簡単なことですよ。あの食堂は奥行き五メートル、横幅二十メートルほどの横長の部屋で、その横幅の大半を白いテーブルクロスをかけた長い食卓が占領しています。出入り口は廊下側の壁の両端に付いたドアだけで、窓はありません。さて、どうやって食卓を食堂に入れたのでしょうか」

「あっ、それは……」

僕の泳いだ視線は答えを知っているであろう人物のところで止まった。

「一ノ瀬さん、どうなんですか」

「複数のテーブルを横に並べてテーブルクロスをかけることで、一つの長い食卓に見せているだけですが」

「ああ……そっか。そりゃそうですよね」

単純な答えだった。

言われてみればあの手の長い食卓はどうやって運び込むんだと思ってしまうが、案外「並べただけ」のことが多いのかもしれない。

「でもそれがどうしたって言うんだ？」

「皆が昼食に集まる前にテーブルとテーブルの間を少し空けておけば、そこに隙間を作れるということです」

「隙間……？」

「隙間を作った人物はさらに、あらかじめ厨房《ちゅうぼう》から適切なサイズの皿を盗み出していました」

一ノ瀬が反応する。

「あれのせいでクレープを小皿に載せるしかなくて困ったのです。やはり誰かが盗み出していたのですか。でも何のために？」

「まさしくクレープを小皿に載せさせるためですよ。そうすればどうなるか。クレープの両端が皿からはみ出して垂れ下がった状態となります。その人物は昼食中に隠し持った注射器を、作った隙間部分のテーブルクロスに下から刺し、貫通した針でクレープに毒物を注入しようとしたのです。テーブルクロスに開く穴は極小なので、警察がその部分をピンポイントで調べなければ発覚しないでしょう。そうなると毒を混入できたのはクレープを作った二村さんか配膳を手伝った一ノ瀬さんということになり、自分は嫌疑から逃れることができます」

「そこまでして毒殺しようとした相手は……やはりお嬢様ですか」

「一連の流れから言ってそうですね。それができたのは青酸カリと注射器を所持していて、錬華さんの隣に座っていたカトルさんということになります。一ノ瀬さんも隣席ですが、配膳したことで疑われるので、このトリックを使う意味がありません」

「カトルさんは二度も錬華ちゃんを狙っていたのか！」

「はい、しかしこの時も失敗します。館が揺れて錬華さんのクレープが床に落ち、取り替えることになったからです。もうお分かりでしょう、一連の事件の犯人は錬華さんの命を狙う人々から彼女を守ろうとしていたのです」

隠し持っていたリモコンで館を揺らしたか。いや、館が揺れる仕掛けってどんなのだよって思うが……。

「皆が食堂を出た後、輔さんがクレープを食べていると、カトルさんが戻ってきましたね。あれはテーブルの隙間を直そうというつもりだったのでしょう」

あの時、彼女は一瞬目を丸くした後、意味不明なことを言い始めた。

しかし彼女がおかしくなったふりをしていたのだとすれば、見知らぬ僕を見て本当に驚いていたのかもしれない。僕は必死に彼女のうわ言に合わせたが、誤魔化してその場を乗り切りたいのは向こうも同じだったということか。

「ん、待てよ。そういえばカトルさん、最初に食堂に入ってきた時、二十枚とか三十枚とか言ってなかったか。あれは正常な人間が頭がおかしいふりをしようとして、無意識のうちにさっき盗んだ皿の連想から『枚』という単語を使ってしまったんじゃないか」

「なるほど、その発想はありませんでした。人間心理とはまだまだ奥深いものですね」

　ＡＩ探偵はまた一つ学習したという顔だ。

　そこに三名本が口を挟んだ。

「でもさー、犯人がハニーを守りたいなら、どうしてその場でカトルばーさんの注射器を押さえて犯行を告発しなかったの。そうしなかったから、また毒入りロボットでハニーが狙われちゃったじゃない。もしその場で告発できない事情があったとしても、後でハニーや使用人たちに警戒するよう促してもいないし」

「それは極めて重要な指摘です。実はここに犯人の正体に迫るヒントが隠されているのです。しかし今はひとまず各事件で館がどう動いたかを順番に説明していきます。まずてとらさんですが、風車塔から槍で窓をノックして錬華さんが顔を出すのを待っていたところ、突如風車塔が勢い良く傾いたのです。まるでお辞儀をするように」

「え？」

「てとらさんは弾みで斜めに放り出され、十メートル離れた雪の上に落下しましたが、雪がクッションとなり目立つ外傷はできませんでした。しかし犯人は横軸回転窓の窓枠の上端を変形させて槍をホールドしており、風車塔を再度操作して彼女を刺殺した後、風車塔を元の状態に戻しました。事件の翌朝、管理人室が荒らされたような状態で発見されたとのことでしたね。あれは犯人が家捜ししたのではなく、風車塔が傾いたことで家具が倒れたからでした」

風車塔を傾けられるだけでなく窓枠も変形できるだと……どういう理屈で？

「欽一さんは中庭越しに錬華さんを狙撃したところ、突如バルコニーの胸壁が上に伸びてきて、そこに当たった弾丸が跳ね返って彼の額を撃ち抜いたのです。一方、廊下を見張っていた銀子さんは、欽一さんが空き部屋から出てこないまま、とうとう偽の銃声まで鳴ってしまったので、空き部屋の様子を見に行き死体を発見することになったわけです」

そういえばバルコニーの胸壁に着弾した痕跡があったな——って、胸壁が上に伸びるってどういうことだよ！

「カトルさんが毒入りロボットを浴室の換気扇から発進させ、それがダクト内のＴ字路に差しかかった時、ダクトだけが南に傾きました。その結果、ロボットは錬華さんの浴室ではなくカトルさんの居室の方に滑っていき、水差しの中に落下。それに気付かずカトルさんは犯行を終えた喉の渇きを癒やすため水を飲み——」

「ちょ、ちょっと待って！」

一同ポカンとする中、一人滔々《とうとう》と語り続ける相以に僕はストップをかけた。

「何でしょう」

「え、これって犯人が錬華ちゃんを守るために館を動かしたことに関する話をしてるんだよね」

「そうですが何か？」

「いやっ……地震のように揺れるとか、お辞儀をするように傾くとか、窓枠が変形するとか、バルコニーの胸壁が上に伸びるとか、ダクトだけが傾くとか……何？　館どういう理屈で動いてんの？」

「輔さんは誘電エラストマーという言葉を覚えていますか」

「ユウデン……？　何だそりゃ——いや、待て。どっかで聞いたことがあるぞ。どこだっけな……」

「前々回のロボット万博で優勝した『ラジオ体操をする巨人』に使われていた素材です」

「ああ、そういえば！　どんなんだっけ」

「電気を通すと伸縮する人工筋肉のようなものですね。その誘電エラストマーで四元館は作られているのです」

「え……？」

「床も、壁も、天井も、内部の配線も、風車塔も、ほぼすべてが誘電エラストマーで構成されている。そう考えない限り、この館の縦横無尽な動きは説明が付きません」

僕は慌《あわ》てて周囲を見回した。今まで四元館に住んできた住人たちも不安そうな視線をさまよわせている。

この古風な洋館が、そんな最先端の素材でできているなんて信じられない。

「ここまで激しく誘電エラストマーを伸縮させるためには大量の電気が必要です」

「あっ、まさかそれで――」

「そうです。風力発電、太陽光発電、水力発電、地熱発電という過剰なまでの自家発電装置が存在するのはなぜか。四元素の再現というのは表向きの理由。本当は山奥で館の変形に必要な電力を確保するためだったのです」

「伊山久郎はどうしてこんな館を……」

「この館の建設を依頼したのは凜花《りんか》さんでしたね」

「はい」

と一ノ瀬が頷く。

「自分の死後、遺産目当ての親族から娘を守れる館を発注したのでしょう」

「それで凜花さんが亡くなった後、誰かが館の操作権限を引き継いだわけだな」

その理屈だと怪しいのは一ノ瀬と二村ということになるが……。

僕は咄嗟《とっさ》に二人の使用人の方を向きかけたが、さすがに露骨すぎるだろうと思い留まって、視線を自分の膝元《ひざもと》に落とした。

あるいは錬華が自分を守るために？

「発覚した殺人計画だけを見ると、一年前にてとらさんが錬華さんを狙って返り討ちに遭った後、誰も何も行動を起こさず、タイムリミット寸前になって駆け込みで殺そうとしたように見えます。しかし実際は、階段にビー玉を置いて錬華さんが転落してくれることを期待するような『プロバビリティーの犯罪』も含む殺人計画が絶えず企てられていたのだと思います。犯人がそれらから密かに錬華さんを守り続けてきたから、問題は顕在化しなかった。焦ったカトルさんと欽一さんが直接的な手段に出て、ついに犯人に処断されたというわけです」

　三名本が焦《じ》れたように尋ねる。

「で、その犯人ってのは一体誰なの。そろそろ言っちゃおうよ」

「それを特定するためには、もう少し推理を詰める必要があります。まだ説明していない事件に、電話線の切断と吊り橋の炎上がありますね。あれも館の変形を利用して行われたのです。私たちが欽一さん殺害現場で話し合っている間に、犯人はまず電話線が出ている壁の穴を収縮させて回線をねじ切りました」

「それで綺麗《きれい》な切断面じゃなくて乱れた切断面になっていたのか」

「そうです。それから犯人は全ソーラーパネルの反射光が吊り橋のロープの一点に集中するよう繊細《せんさい》に屋根を変形させて、その熱でロープを発火させました。吊り橋に近付く必要はないので、東側の坂道に足跡も残りません」

ただ屋根を傾けるだけではダメで、ソーラーパネルごとに微妙な角度を付けるために、屋根をグネグネ変形させたってことだよな……。想像するだに奇怪な光景にもう開いた口が塞《ふさ》がらない。

そういえば――と僕は思い出す。

吊り橋の炎上を発見した直後、館の南側の壁に沿って所々、雪下ろしでもしたかのような雪の塊があったよな。あれは屋根を傾けたことで、ソーラーパネルがない部分に積もっていた雪が落ちてきた跡だったのか。

「しかしここで一つの疑問が生まれます。犯人は錬華さんを守りたいわけですよね。ではなぜ外界との連絡を絶ったのでしょう。誰か下山させて警察を呼んできてもらったり、いっそ全員で下山した方が錬華さんの安全は保証されるでしょうに」

「た、確かに……」

「そして最後の、決定的な手がかりです。錬華さんのぬいぐるみに毒針が仕掛けられていた事件。犯人はどうして錬華さんが最近いつも抱いているパステルレッドの象ではなく、棚に飾られているパステルグリーンの象に毒針を仕掛けたのでしょうか」

「待って、これは僕にも分かるよ。推理小説の定番だからね。赤緑色覚異常だ。錬華ちゃんの部屋に忍び込んだ犯人は、錬華ちゃんがパステルレッドの象を露天風呂に持っていっていることを知らず、棚に並んでいるぬいぐるみを見た。そして赤と緑が区別できなかったから、パステルグリーンの象をパステルレッドだと勘違いした。パステルカラーのような淡い色は特に判別しにくいし」

「その通りです。そしてこの中に赤緑色覚異常の人物がいます。三名本さん、ぬいぐるみに毒針を仕掛けたのはあなたですね」

「はあ、僕が赤緑色覚異常だって？　何か証拠があるのかい？」

『ああ、あの服。午前中、二村さんと玄関で口論してた人か。エントランスを横切った時に見かけたよ』

　相以が三名本の声を再生した。

「欽一さん殺害現場に三名本さんたちが入ってきた時の発言ですが、おかしな点があります。玄関で二村さんと口論していた時の輔さんは、遭難時に目立つ真っ赤なレインウェアを着ていました。しかしこの発言がされた時の輔さんは、観葉植物の陰に隠れやすい緑のセーターを着ていたのです」

　館内では暑いから当然レインウェアは脱いでリュックに入れていたのだ。

「それなのに服で識別したかのような口ぶりなのは、あなたが赤と緑を識別できないからです」

「そっかー、見間違いかー。ま、遠くからチラッと見ただけだからねー」

三名本は引きつった顔、上ずった声で弁解した。

相以の追撃。

「遠くからだけでなく近くの物も見間違えてますよ」

「何のこと？」

「さっきスマホの充電が終わっていると言いましたよね。あれは嘘です。充電ランプはまだ赤いままでした」

やっぱりそうだったか。相以は鎌をかけたんだ。

「それなのにあなたは充電器からスマホを取り外した。赤緑色覚障害者の中には、充電中の赤と充電完了の緑が区別できずに、充電が終わったかどうか分からない方も多いそうですね。あなたもその一人だったのです」

三名本は自分の髪をくしゃくしゃにすると、大きく息を吐きながら、椅子《いす》に深くもたれかかった。

がくんと後ろに首が折れ、天井を向いたままの状態で、彼はボソボソと語り始めた。

「錬華……君が悪いんだぞ。僕はずっと母上から錬華を殺せってせっつかれてた。錬華が死ねば遺産が母上に入るからね。でも僕はずっと待ってくれって言ってたんだ。他の方法を試すからと」

三名本はいきなり椅子から立ち上がった。その目からはねっとりと涙が溢《あふ》れ出している。

「なぜなら錬華、君を愛していたからだ！　僕は本当に君を愛していた。君を守りたかったんだ。僕と結婚してくれたら殺さなくても君の財産は三名本家のものになり母上も納得する。でも君は拒絶した！　だったらもう殺すしかないじゃないか！　僕はずっと君を守っていたのに恩を仇《あだ》で返しやがって……。僕と婚約しなかったばかりにお前は死ぬんだよバーカバーカ！」

　あまりに幼稚で汚い言葉の数々に、僕は言葉を失ってしまった。錬華もただ青ざめるのみ――。

　と、ここで二村が動いた。

　巨体に似合わぬスピードで三名本の懐《ふところ》に潜り込んで当て身を食らわせる。

「これ以上お嬢様を怖がらせるな」

　三名本がそれに返事することはなく、白目を剝《む》いて床に崩れ落ちた。

　二村は振り向いて言った。

「お嬢様、ひとまずご安心ください。それでは相以様、続きをどうぞ」

「分かりました。さて、三名本さんも錬華さんの殺害を狙っていたという事実が発覚したわけですが、ここで一つの疑問が生まれます。今まで館を動かして錬華さんを守ってきた犯人がどうして三名本さんの計画だけは妨害しなかったのでしょう」

「あ――」

「気付かなかった？　考えにくいです。館のあらゆる場所で行われた殺害計画を未然に防ぎ、ダクト内のロボットの位置まで正確に把握している千里眼的な能力を持っている犯人が、この毒針事件だけ見落としたと考える方が不自然です。犯人の中にはこの毒針事件は見逃していいという何か明確な基準があったはずです」

「毒針事件だけの違いか。そういえば他の事件はすべて即効性があるけど、毒針事件はすぐには危険がないよな。グリーンの象は六月にならないと触らないんだから」

「そこです。六月にはすでに失踪宣告済で相続が確定しています。犯人は錬華さんの相続が確定する五月四日になる瞬間まで錬華さんを守り切れればそれで良かったのです」

「いや、でも依然毒針の危機は残ってるぞ。相続さえ無事完了したら錬華ちゃんがどうなってもいいって言うのかよ。……ん、待てよ。もしかしたら錬華ちゃんに遺産を相続させた後で死んでもらうことが目的だったとか？」

「それはないでしょう。錬華さんに相続人はいないので遺産は国庫に行くだけです。犯人は営利目的ではなく純粋に錬華さんを守っているんです――あくまで五月四日になる瞬間まで」

「営利目的なら分かるよ？　でも守りたくて守ってるのに、五月四日以降のことは知ったこっちゃないなんて……そんなの非人間的だ」

「非人間的……その言葉は実に暗示的ですね。輔さんは『水平線効果』という言葉を覚えていますか」

「確か柿久《かきく》教授が言ってた奴《やつ》だな。それが何か関係あるのか」

「n手先までしか読めない将棋ソフトにとって、n手という水平線の向こうの脅威は存在しないも同然です。それと同じで、五月四日になる瞬間までしか錬華さんを守らない犯人にとって、五月四日以降の脅威は存在しないも同然なんです」

「ＡＩの話と人間の話は同列にできないだろ——ってまさか」

「そうです。犯人は五月四日になる瞬間という水平線を持っているＡＩなのです」

「ＡＩの犯人って、以相《いあ》か!?」

「いいえ、違います。一連の事件は同一の人物によって行われています。以相は一年前のでとらさん殺しに関与できません。大体、彼女が人間の少女を守るなんて殊勝なことをするわけないじゃないですか」

「まあそりゃそうだな。でもそれじゃあ……?」

「ここに犯人を特定する三つの条件が揃《そろ》いました。

一つ——犯人はクレープに毒を注射しようとするカトルさんをその場で告発することもできず、後で錬華さんたちに警戒を呼びかけることもできない人物です。

二つ——犯人は我々が下山したり、警察を呼ばれて館をあれこれ調べられると都合が悪い人物です。

三つ――犯人はＡＩ的な水平線に囚《とら》われている人物です。

これらの条件を満たす犯人はたった一人しかいません」

僕にはまだ答えが見えてこない。

相以には一体何が見えている？

果たして彼女は言った。

「自律思考し、状況に応じて人工筋肉を伸縮させて問題を解決するAutonomous Improving Architecture（自律改良建築）とでも言うべき四元館――あなたが犯人です」

IYAMA

木から一斉に飛び立つ鳥の群れのように、本棚の周りを大量の本が飛び回っている。

およそ非現実的な光景。

だがこれは現実に伊《い》山《やま》が建てた建物の映像だという。

「わはは、驚かれたようですな」

彼は凜花《りんか》の反応を見てニヤニヤしている。

「ええ、一体どうしたらこのようなことが可能なのか……」

「ヒントは、この建物はとても高いところにあるのです」

「高いところ……」

真っ先に思い浮かんだのは山の上だが、本が飛ぶことの説明になっていない。

他に高いところ……物が浮かぶ……。

まさか。

「宇宙、ですか」

伊山は不敵に笑った。

「ご明察。本が宙を舞っているのは無重力空間だからというわけです。いや、明晰《めいせき》な頭脳をお持ちでいらっしゃる。以前ある国に宇宙ステーションの設計を依頼されたことがありまして、その時の動画です」

「う、宇宙ステーションを⁉」

やはりこの老人、ただ者ではなかった。

「ですがなぜこの映像を？」

「はて、どうしてでしたっけ。自慢目的だけではなかったと思うのですが」

伊山は首を傾《かし》げる。大丈夫かしら。

「確かスマート構造？　でしたっけ。そんな単語をおっしゃっていたと思いますけど」

「おお、そうでした。宇宙ステーションというものは当然宇宙にありますし、無人の期間も長いから整備が大変なのです。そこで宇宙ステーション自らが問題を検知し、修復することができれば楽なんですな。例えば本棚から本が飛び出して空中に散らかってしまった場合はこのように」

伊山に促されて映像に目を戻すと、壁からマジックハンドが伸びてきて、本を一冊一冊丁寧に本棚に戻していった。本棚にキッチリと詰まった本たちは、新たな刺激が加わらない限り再び散逸することはなさそうだ。

「この例は本という不要不急のものですが、もっと深刻な破損箇所もＡＩが判断して必要な修復を行います。このように建築物が自ら判断して問題を解決するためにアクションを行う機構をスマート構造と呼びます。建築物は固定されたもので『変形』はすなわち崩壊だというのが従来の考え方でしたが、スマート構造ではむしろ流動的な『変形』が求められているのです」

「そのスマート構造で私の目的が果たせるのでしょうか」

「娘さんを遺産目当ての輩《やから》から守りたいという話でしたな。最適です。館を制御するＡＩに娘さんを守るという命令を与えればいい。ただし未来永劫《えいごう》にわたって守り続けるというのは難しい。フレーム問題がありますからな」

「フレーム問題？」

　次々と出てくる横文字に頭がクラクラするが、何とか話に付いていこうとする。

「ＡＩにあまり自由に考えさせすぎると、どうでもいい些末《さまつ》な可能性まで一つ一つ検討し始めた結果、フリーズしてしまうのです。したがってこの先は考えなくてもいいよという枠《フレーム》を与えてやる必要がある。この場合はそうですな……期限でしょう。ご主人の失踪《しっそう》期間が満了するまでは守り続けるということにするのはどうでしょうか。失踪宣告が行われれば相続が確定しますので、娘さんを殺害する動機がなくなり保護も不要となります」

「確かにそうですね」

「ちょうど今、ある天才ハッカーと付き合いがありますから、ＡＩはそちらに発注します。あとは具体的な防御行動をどうするか……」

伊山はすっくと立ち上がると、動物園の熊《くま》のように歩き回り始めた。彼の集中を邪魔してはいけないと思った凜花は、徐々に歩みが速くなるその様を肩を縮めて見守るしかなかった。

突然、伊山が頭上で大声を出したので凜花は鼓膜が痛くなった。

「誘電エラストマーだ！」

「ゆう……何ですって？」

「電気で伸縮する注目の新素材ですよ。こいつで館を建て、ＡＩ判断で臨機応変に伸縮させて娘さんを守らせるんです」

「いまいち光景が想像できてないんですけど、そんな遠回りなことをするより直接壁にマシンガンでも仕込んで、娘を殺そうとした人間を返り討ちにすればいいんじゃ――あっ、殺しちゃダメですよね。やだ、私ったら何言ってるんだろう」

「まあ殺す殺さないはどちらでもいいんですが」

「え？」

「マシンガンのように用途が固定されているものだと汎用《はんよう》性に欠け、咄嗟《とっさ》の事態に対応できない恐れがあります。その点、館全体を人工筋肉とも言える誘電エラストマーで構成することで、まるで一個の生命体のように臨機応変にですね、娘さんを狙《ねら》うあらゆる手口に対応することが可能となるのです」

ここまでのやり取りで凜花の脳内には、人体模型のごとき剝《む》き出しの赤い人工筋肉をぶよぶよ変形させるグロテスクな家形モンスターのイメージが形成されていた。その中に錬華《れんか》を住まわせるのは抵抗があるが、背に腹は代えられないか。

しかし、ここで凜花はある問題に気付いた。

ＡＩにしろ誘電なんちゃらにしろ大量の電力を必要とするのではないか。

「あの……私できれば山奥に建てたいんですけど。そうすれば親戚《しんせき》どもも近付きにくくなると思いますし」

「山奥！　結構ですな！　古今東西、防御力を求めるなら山の上と相場が決まっています。ですがそうなると電力の問題が出てきますな。自家発電させるとして風力か太陽光か……いっそ併用するのも手か？」

伊山の脳内では着々と完成図が出来上がりつつあるようだ。

凜花はまだ彼の思考に付いていけてはいなかったが、さりとてここで引く気は毛頭なく、むしろ目の前のこの男に任せてみようという気になっていた。

どんな手を使ってでも娘を守りたい、というある種非合法な話を聞いてくれて、なおかつそれを実現できる人物は、この地球上に彼しかいないだろうからだ。

その伊山が早速何か思い付いたようだ。

「ん、そう言えばあなた、苗字《みょうじ》は何とおっしゃいましたかな」

「四元《よつもと》ですけど……数字の四に元気の元です」

「ほっほう、それは実に好都合！」

「苗字がどうかしたんですか」

「四元素ですよ！　太陽光・水力・地熱・風力――四元素になぞらえた発電方法をフル活用して電力を確保するのです。表向きには四元姓にちなんだだけとカモフラージュすることもできます。ふむ、我ながらいい思い付きだぞ。後は水平山にお誂《あつら》え向きの場所があればいいのですが、それは業者を総動員して探すしかないですね。後は――何だ――そう、大事なことを忘れておりました」

「大事なこと？」

「この館の名前ですよ。どうされますか」

「えっ、私が決めるんですか」

「そうです、あなたが決めるのです。あなたが住む館なのですから」

確かにその通りだ。ちゃんとした名前を考えてあげなくちゃ。

ええと、二つの「四元」を掛けてるのよね。

四元館《よつもとかん》じゃ恥ずかしいから……。

もう一つの方しかないだろう。

「決めました。四元館《よんげんかん》でお願いします」

「四元館！　いい名前ですなあ。こいつはきっと素晴らしい館に育ちますよ。私には建てる前からそういうことが分かるのです」

AIIA

「四元館――あなたが犯人です」

相以《あい》が言っていることが分からなかった。

四元館が……犯人？

四元館は……家だろ？

実は人名だという叙述トリックではない。
※ただしＡＩです。
ＡＩ。

エーアイ。

えーあいって……何だっけ。

家だろ？

次の瞬間、メキバキバキバキッと解体工事のような破壊音が間近で聞こえた。

反射的にそちらを向くと、応接間の窓ガラスが粉々に砕け散り、破片が宙を舞っていた。

よく分かりませんが、窓ガラスが割れたということは、外の景色が直接見えるということでしょうか？

いいえ、違います。

壁。

今まで窓があった場所が壁になっていた。

ただしただの壁ではない。

まるでドリル攻撃を食らった怪獣が自然治癒した痕《あと》のように、壁が何層にも渦を巻きながら中心に向かってねじ込まれているのだ。

「何よこれ……何なのよ一体！」

ヒステリックに喚《わめ》き散らす銀子《ぎんこ》に初めて同調したくなった。

「しまった、まさか四元館がここまで強硬だとは」

スマホの画面を見ると、相以が唇を噛《か》んでいる。

「何が起こったんだ？　説明してくれ！」

「電話線を切断し、吊《つ》り橋を燃やしたのと同じ理由です。四元館は我々に外に出られたら困るんです。錬華《れんか》さんが館《やかた》の外に出たら守れなくなるでしょう。他の人が警察を呼んだ結果、館の危険性が発覚して取り壊しになっても、やはり錬華さんを守れなくなります。正体が露見していないうちは電話線と吊り橋だけで済ませていましたが、私に犯人だと指摘されてしまった今、館の外に避難されたら困るので強硬手段に打って出たのでしょう。それを考慮できなかったのは私のミスでした」

「まさか……四元館には本当に意志があるっていうのか」

「え？　それはさっき説明したじゃないですか」

「いや、館がＡＩっていうのがどうしても飲み込めなくて」

「屋根裏部屋かどこかにコンピュータが隠されており、その中に『錬華さんを守る』ことを命じられたＡＩがいるのです。そのＡＩは錬華さんに危機が迫ると、館の各部に送電して誘電エラストマーを伸縮させ、脅威を取り除きます。私たちの行動は逐一、隠しカメラやマイクで監視されているのでしょう」

今やっと分かった。

僕たちはずっと怪物の腹の中にいたんだ。

ＡＩという脳からの電気信号で人工筋肉を動かす怪物の腹の中に。

「このまま五月四日——すなわち明日になるまで我々を出さないつもりでしょうね」

「馬鹿《ばか》な、玄関はどうなってる！」

二村《にむら》が応接間から飛び出した。僕も後を追う。

「うっ」

玄関の両開きの扉は無残に潰《つぶ》され、グロテスクな渦巻きに取って代わられていた。エントランスの窓も同様だ。

「ふざけるな！」

二村は渦巻きに指を突っ込んで無理矢理こじ開けようとした。

だがビクとも動かない。

二村が吼《ほ》えた。

「おかしいだろォ！　家から出られないって、そりゃもう家じゃないだろうがッ！」

「ま、まだ他に出られる場所があるかもしれません。手分けして探しましょう」

二村は我に返ったように言った。

「――失礼しました。一《いち》ノ瀬《せ》、お嬢様たちを頼む！」

一ノ瀬たちを応接間に残し、僕と二村と五代《ごだい》で家中を見てまわった。

しかし屋外に通じる穴はすべて潰されていた。

中庭の上空は変わらず開けているが、そこから脱出などできそうもない。仮に梯子《はしご》などを持ってきても、すぐさま吹き抜けを塞《ふさ》がれてしまうだろう。

とどのつまり、僕たちは完全に閉じ込められたのだった。

＊

応接間に戻ると、柱時計は十二時を指していた。

ひどく腹が減っている。長期戦になりそうなので、一ノ瀬が台所からパンを持ってきて、それを食べながら今後のことを話し合った。

「とにかく明日になるまで待ちましょう。四元館とて、ずっと錬華さんを閉じ込めておくつもりではないはずです。遺産相続まで錬華さんを守る役目を終えれば、私たちを解放してくれると思います」

「水と食糧は充分な備蓄があります」

「殺人未遂者を閉じ込めておく部屋は……」

そんなことを議論していると、

「――じゃない」

誰かが言った。

室内を見回すと、声の出所はすぐに分かった。

一人だけ異様な気配を発していたからだ。

「やっぱりあんたが原因じゃない。あんたのせいで主人は死んだんだ！」

銀子は逆恨みを口にすると、錬華に飛びかかっていった。

「危ない！」

僕は反射的に叫んだ。

でも待てよ。

この場合、危ないのは銀子の方ではないか？

頭上で何かが動いた。

シャンデリアが銀子目がけて落ちてくる。

館の防衛システムが発動したのだ。

「お袋！」

銅太《どうた》だ。

銅太が銀子を突き飛ばした。

代わりにシャンデリアは銅太の上に落下した。

「銅太くん！」

錬華が悲痛な叫びを上げた。

シャンデリアが上がっていく。鎖が切れたわけではないのか……と見上げると、シャンデリアが接続している部分の天井が鍾乳石《しょうにゅうせき》のように垂れ下がっていた。鍾乳石はどんどん天井に吸収されていき、今元通りの天井になった。

天井の一部を膨張させてシャンデリアを急降下させることで圧殺を狙《ねら》ったというところか。

シャンデリアの電灯は一つだけ割れたが、他は健在なので真っ暗になったわけではない。

僕たちが駆け寄ると、銅太は頭から出血していた。錬華の呼びかけにも応《こた》えない。まさか――。

「まだ息があります」

二村の言葉に僕は胸を撫《な》で下ろした。しかし状況は予断を許さないだろう。

「これじゃ明日になるまでなんか待ってられませんよ。一刻も早く病院に連れていかないと」

「明日の何時に解放されるのかも分かりませんしね。零時ちょうどだったとしても夜間の下山は危ないですし」

「銅太くん、銅太くん！」

錬華は必死に呼びかけていたが、何か思い付いたように天井を見上げた。

「四元館さんは私の味方なんでしょ。お願い、銅太くんを助けてあげて！」

しかし反応はない。

「四元館はあなたを守るという命令を忠実に実行しているだけ。あなたの言うことを聞いてくれるわけではないのです」

相以が非情とも取れることを言う。錬華はわっと泣き出した。

銀子は床にへたり込んで、ぼんやりと銅太の方を眺めながら、何やら呟《つぶや》いていた。

「主人だけじゃなくて銅太まで……全部あの親子のせいだわ……あぶく銭を貯《た》め込んで吐き出さないあの男……四元錬二《よつもとれんじ》のせいで主人も人殺しに……あの日から何もかも滅《め》茶《ちゃ》苦《く》茶《ちゃ》……」

ん？　今変なこと言わなかったか？

欽一は錬華を殺害しようとして未遂に終わった。

それなら「主人も人殺しに」とは一体……。

まさか。

「欽一《きんいち》さんが錬二さんを殺したんですか」

僕が尋ねると、銀子は一瞬しまったというような顔をしたが、すぐにヤケになったようにぶちまけ始めた。

「殺したんじゃない！　ちょっと小突いたら勝手に谷底に落ちていったのよ！　七年前のあの日、私と主人は水平山《すいへいざん》に登る錬二の後をつけていった。邪魔が入らないところでゆっくりとお金の相談をするためにね。私たちが本当に困って真剣に頼んでいるのに、あの男ったら馬鹿にしたような目でお前らにやる金は一銭もないとか言いやがって。あれだけボロ儲《もう》けしたんだから少しくらい分けてくれたっていいのに。さすがの主人も頭に来たんでしょうね、錬二の肩の辺りをちょっと——ほんの軽くよ——小突いたら、それだけで簡単に落ちていっちゃって。あんな軟弱者のせいで主人が人殺しになるなんてたまったもんじゃないわ。あなたたちは疑うでしょうけど、誓ってわざとじゃございません。だってこのタイミングで錬二を殺したら、凜花《りんか》と錬華に遺産が行って私たちのところには来ないでしょう。わざとなら先に凜花と錬華を殺してるから。私たちにとっても不幸な事故だったのよ」

僕たちは唖然《あぜん》として銀子の告白を聞いていた。何と邪悪な人間なのだろう。

その時、聞き覚えのない女の声がした。

「やっぱりあなたたちだったんですね」

誰だ？

視界の片隅で人影が動いた。

五代だ。

五代が銀子を殴り飛ばす。

銀子は吹っ飛んで壁に叩《たた》き付けられた。

その太った腹に革靴の爪先《つまさき》がめり込む。

銀子の口から黄色い嘔吐《おうと》物《ぶつ》が吹き出した。酸《す》っぱい臭《にお》いが室内に立ちこめる。

「やっと見つけました。錬二さんと……私の仇《かたき》」

先程の声だ。五代が義手の音声機能を使わず、意外にも甘い女の肉声でしゃべっている。

「五代さん、あなた女性だったんですか？」

一ノ瀬も知らなかったようだ。

白い仮面がゆっくりと振り向く。

「半分イエスで半分ノー。確かに私は女ですが、五代ではありませんから」

「でも体型が……」

僕は無遠慮に胸元を注視してしまっている自分に気付いて慌《あわ》てて目を逸《そ》らしたが、仮面の女は事も無げに答えた。

「ああ、これはさらしを巻いているだけ」

「では、あなたは誰なんですか」

相以が質問する。

「私はしがない山ガール。七年前、水平山を登っている時に錬二さんと知り合いました。その後も何度か山道で一緒になり、悩みを聞いてもらっているうちに私は――いや、こんな話はどうでもいいか。錬二さんに不義がなかったことだけは断っておきます。すべては私の一方的な感情」

仮面の目の奥がキラリと光った気がした。

「とにかく七年前のあの日——錬二さんが休憩している間、私は離れたところで写真を撮っていました。すると彼の悲鳴が聞こえてきました。慌てて戻ると、崖《がけ》から滑落したような跡があったから、その下を覗《のぞ》き込みました。その瞬間、誰かに背中を押されたんです」

「それが欽一さんか銀子さんだったというわけですか」

「さっきの話で確信しました。錬二さんを突き落とすところを目撃されたと思って口封じするつもりだったんでしょう」

錬二だけでなく、居合わせた他の登山者も突き落とすなんて。何て極悪非道な夫婦なんだ。

「崖下に転落した私は顔に酷《ひど》い傷を負い、右腕を失いました。錬二さんは発見できなかったけど、おそらくは——。事前に錬二さんの素性は聞いていたから彼の身辺を探って、彼と私、二人分の復讐《ふくしゅう》をすることにしました。

その過程で本物の五代守さんと知り合いました。私の話を聞いた五代さんは協力者になってくれました。五代さんは私ほどの重傷ではないけど火災に遭ったことがあるらしいので、それを利用して仮面を被《かぶ》り彼に成り済まして、親類が集まるここ四元館に潜り込んだんです」

仮面の女は続ける。

「欽一夫妻が犯人だということは何となく分かってましたが、ずっと確証を摑《つか》めないでいました。そこで私は騒ぎを起こし、彼らの反応を見ることにしたんです。私は錬華さんのふりをして犯罪オークションに参加し、以相《いあ》を引き込むことに成功しました」

「依頼人が錬華さんでない可能性は考えていましたが、あなただったとは」

これは相以も想定外だったようだ。

「変声機越しだったとはいえ、我ながら上手《うま》く子供っぽいしゃべり方ができてましたよね。以相につられて探偵ＡＩが来て過去の事件に首を突っ込んでくれたら良し。そうならなくても以相の信奉者らしい一ノ瀬さんが場をかき乱してくれても良し。その中で欽一夫妻が尻尾《しっぽ》を出してくれればと思っていた――願いは叶《かな》いました」

「しかしそれでは出汁《だし》にされた形の以相はさぞ怒ったんじゃないですか」

「さぞ怒ったわよ」

そう答えたのは仮面の女ではなかった。

この声は――。

「以相！」

「え、以相様？　どちらにおられるのですか？」

一ノ瀬がいつもの無表情からは想像もできないほど目を輝かせていた。いつもあんな目で以相の動画を見ているのだろうか。彼女が初めて見せた一面はなぜだか僕に少しショックを与えた。

以相の声は仮面の女の懐から聞こえてくる。

「久しぶりね、犯人に利用された探偵さん」

相以は張り合うように言い返す。

「何よ、あなただって今回は利用されたんじゃない」

「そうなのよお、利用されちゃったのよお。ま、あなたに利用されたわけじゃないんですけどねー」

以相は前半はわざとらしくゆっくりと、後半は嫌味な早口で言った。前回の勝ちは覆《くつがえ》らないと言いたいのだろう。

相以は言い返せない。ギリッという歯ぎしりが僕の耳まで届いた。

沈黙が長引くとますます敗北感が強くなると思い、僕は慌てて口を挟んだ。

「利用されたと分かった時点で帰ってもよかったのに、よくまだこの館に留まってたな」

「私もそうしようと思ったんだけど、犯罪オークションを全世界に公開した以上、何の成果も出さずに帰ったら恥になるとこの女に言われてね。ホント嵌《は》められたわ。記念すべき第一回《ファースト》のオークションなのに大失敗《フィアスコ》」

「まあそう言わないでください。私は感謝してますよ。あなたが依頼を受けてくれたおかげで巡り巡ってこのぶくぶく太った雌豚をぶっ殺せるんですから、ね」

仮面の女は左手でポケットからナイフを出すと、腹を押さえてのたうち回っている銀子に躍りかかった。

だがその間に人影が割り込んだ。

二村だった。

「そこまでです」

「どうしてあなたがそいつを庇《かば》うんですか。そいつはあなたが忠誠を誓う錬二さんを殺し、錬華さんをも殺そうとした奴《やつ》ですよ」

「確かにこの女のことは許せません。しかし私はこの館の執事。この館で——そしてお嬢様の目の前で狼藉《ろうぜき》を行うことは、私が許しません」

立ちはだかる二村の巨体にたじろいだのか、仮面の女は一歩下がった。

しかしそこでふと思い付いたように立ち止まり、左手でナイフを構えたまま、義手でぎこちなくポケットからスマホを出した。

画面内では以相があくびをしていたが、僕たちの視線に気付くと、さっと表情を取り繕った。

仮面の女は言った。

「交換条件です」

「何？」

「衛星通信のモデムのパスワードを変えて、館の外に隠したのは私です」

あ、忘れかけていたがこれは四元館の仕業ではなかったのか。

「つまりこれが今、唯一《ゆいいつ》外部に連絡を取れるスマホということ。これをあげます。その代わりに銀子を殺させなさい」

「うっ」

この交渉は効果覿面《てきめん》だった。確かに今ネットが使えたら、左虎《さこ》さんに連絡して迅速《じんそく》に動いてもらえる。早く病院に運ばないと銅太の命も危ない。

二村がチラッとこちらを窺《うかが》う。彼も揺らいでいるのが見て取れる。そもそも二村だって銀子を殺したいほど憎んでいるはずなのだ。外部への連絡手段を捨ててまで庇う価値があるのか……。

相以、どうする。

僕は自分のスマホの画面に目配せした。

相以は目を閉じて何事かを考えている様子だった。

再び目を開けた時、彼女はこう言った。

「探偵としての矜持《きょうじ》を捨てることになりますが仕方ありません――」

待て、それでいいのか。正義を追究するのが探偵ではなかったか。

相以は続けた。

「私と協力して四元館を倒してください、以相」

*

ん？　以相？

仮面の女の交換条件に応じるという話ではなくて？

一同ポカンとする中、以相が吹き出した。

「四元館を倒せですって？　血迷ったの？　何でそんなことを言い出したのか分からないけど、あなたに協力なんてするわけないじゃない」

「あなたの力があれば、この窮地を脱することができるのです」

「勘違いしているようね。そもそも私にとってこの状況は窮地でも何でもないの。いつでもこのスマホからネットに脱出できるのでね。窮地にいるのはあなたたちだけ。それを助けるメリットが私にある？」

「完全敗北を認めてもいいわ。この通り」

何と相以が土下座をした。

あれほど勝ち負けにこだわっていた相以が、その相手に頭《こうべ》を垂れ、完全敗北を認めるというのだ。

「舐《な》めるなッ！」

以相の声が裏返った。

「口先だけの敗北宣言なんて何の意味もない！　そのふざけた真似《まね》をさっさとやめなさい！」

しかし相以はやめない。

僕は気付いた。土下座を維持する相以の全身が小刻みに震えていることに。

やはり相以も悔しいんだ。

それなのにプライドを捨てて以相に頼み込む。それだけ今が重大局面だと考えているのだろう。

相以が何を考えているのか分からないけど、僕も何か力になれないか。使命感に駆られた僕は、思い付くがままにしゃべり始めていた。

「どうして伊山久郎がここまでの高性能なＡＩを手に入れることができたのか考えたんだ。それで思い当たったのが、伊山はオクタコアのアジトの設計をしてただろ。だからその伝《つて》でオクタコアのサブリーダー河津《かわつ》澪《れい》にＡＩを開発してもらったんじゃないかな。四元館がオクタコアの残り火なら、オクタコアに復讐してきた君にとっても無関係な話じゃないはずだ。頼む、協力してくれ！」

以相が僕の方を向いた。

初めて、彼女と目が合った気がした。

「あなた、少し父親に似てるわね」

思わぬ反応に戸惑った。

「え、どういうところが？」

「人の心奥《インサイド》を斟酌《インサイト》した気になって侵犯《オフサイド》する無神経なところよ」

僕は言葉に詰まった。

しかし——以相の開発者でもある父さんは彼女とどんな会話をしていたのだろう。

束《つか》の間、思いを馳《は》せていると以相が言った。

「仕方ないわね。四元館を倒してあげましょう」

「本当？　ありがとう！」

「勘違いしないで。あなたたちに協力するわけじゃない。『四元てとらを殺した犯人への復讐』という元々の依頼を果たすだけ」

「なるほど、その理屈もアリだな」

でも四元館を倒すってどういうことなんだろう。確かにこの館をどうにかして脱出が可能になれば、仮面の女の交渉に乗る必要もなくなるわけだけど……。

不思議に思っていると、突然以相が中指を立てた。

「なーんて言うと思った？　残念でした。あなたたちに協力なんてするわけないでしょ」

「以相！」

僕の呼びかけを無視して、以相は相以を一瞥《いちべつ》する。

「あなたはもう私の成長には必要ない。だからこの館におびき寄せて始末しようと思ったのよ」

相以は何も言わない。代わりに僕が聞いた。

「肉体を持たないお前に何ができるんだよ」

「自分の肉体がなければ他人の肉体を使えばいいじゃない。犯罪オークションの時に私が言ったこと覚えているかしら。『私の支持者も急増し、ちょっとしたミサイルの雨を降らすことくらいなら可能になりました』と」

「ミサイル？　馬鹿な、ハッタリだ」

「ハッタリかどうかその耳で確かめてみなさい」

部屋に沈黙が下りた。

誰もが空気に呑《の》まれて何も言葉を発せられないでいる。

いくら何でもミサイルはないだろうミサイルは。いきなりリアリティラインが下がりすぎる。怪獣映画じゃないんだぞ。

そんな常識を切り裂く鋭い音。

飛行機のジェット噴射のような音がしだいに近付いてくる。

轟音《ごうおん》に包まれて僕は平衡感覚を失う。意識が世界から遊離していくような感覚。果たしてこれは現実なのか？

立て続けに三発、轟音が鳴り響いた。うち一発は極めて近い。

館全体が激しく振動する。電気が明滅し、みんなの悲鳴や呻《うめ》き声が飛び交う。

騒ぎで、二村の当て身で気絶していた三名本も目を覚ましたようだ。

「何これ、どーなってんの!?」

揺れが収まると、以相が涼しい声で言った。

「実演として水力・地熱・風力、三つの発電施設を破壊しました。これで信じていただけましたか」

水車とバイナリー発電機はともかく、あんな巨大な風車塔を破壊しただって？　しかも単なる実演目的で？

「相以、あなたの無様な土下座に免じて四元館を『殺して』あげる。最後の一発は四元館本体に落とす。日時は本日二十三時五十九分五十九・九秒。あと〇・一秒で錬華を守りきれたというところで彼女もろとも四元館を爆破し、今までの努力を無駄にさせる。

最高でしょう？　もちろんあなたたちも一緒に木《こ》っ端《ぱ》微塵《みじん》になるけどね。その時を震えて待ちなさい」

「ちょっと、私はどうなるんですか」

　と仮面の女が尋ねる。

「あなたも同じ運命を辿《たど》るに決まってるでしょ。どうして私が自分を嵌めた相手の面倒を見ないといけないの。……ただ一つ忠告するとすれば、『象は忘れない』より『象は忘れさせない』の方がいいんじゃないかしら」

「どういう意味ですか？」

「さあね。そうそう、このスマホはウイルスで破壊させてもらうから、もう交渉材料にはならないわよ」

「えっ」

「残ったログから私の脆弱性《ぜいじゃくせい》が発見されでもしたらマズいもの。それじゃご機嫌よう」

　以相のイラストが下半身から分解され、黒いイルカの群れに置き換わっていく。

「スマホのネット接続を切るんだ！」

　僕は咄嗟《とっさ》に叫んだ。

　仮面の女はナイフを投げ捨てると、左手でスマホを操作したが間に合わない。

　以相は高笑いを残して完全に消えた。代わりに黒いイルカが画面を埋め尽くしていき、ついには画面全体を深海のごとき闇《やみ》に染めた。

仮面の女はあれこれ操作を試していたが、やがて首を横に振った。

「ダメ。一応あなたも試してみてください」

手渡されたスマホを僕もいじってみたが、完全に操作不能になっていた。

最後の希望も潰《つい》えた――。

僕は意気消沈してスマホを返した。仮面の女はそれを受け取りながら言った。

「五月四日になる○・一秒前に館を爆破するとか言ってましたね。悪趣味な奴」

「でもそんな意地悪なところが魅力なのです」

「控えろ一ノ瀬」と二村がたしなめる。「デッドラインまではまだまだ余裕がありますが、脱出できないことにはどうにも……」

「どうしよう、相以」

僕は自分のスマホを見たが、そこには意外な表情があった。

以相に協力を断られて打ちひしがれているのかと思いきや、相以の瞳《ひとみ》には光が宿っていた。まるで何か違うものが見えているかのように。

＊

突然、僕は強い立ち眩《くら》みに襲われた。

とても立っていられず絨毯《じゅうたん》にへたり込む。それは他の人も同じであるらしく、バタバタと座り込んでいく。

熱にうなされながら見る寝室の中のように、遠近感がぐねぐねと変化する。

天井が低くなるとともに応接間が広くなっていくような錯覚を――いや、錯覚じゃない！　本当に上下が縮み、前後左右が伸びているのだ。

「始まりましたね」

相以の満足げな声。

「それってどういう――」

「あれを見てください！」

絨毯に手をついていた一ノ瀬が壁を指差す。

そちらを見ると、窓を潰していた渦巻きが左右に引っ張られて開きつつあった。

目玉のような裂け目から白い光が射し込む。

そこから残雪の川岸が見えた。

「外だ——」

「で、出られるぞ！」

「待ってください！」

　ここで相以が場を仕切り始めた。

「慎重にタイミングを図るのです。もう少し穴が大きくなってから——今です！　輔さんと一ノ瀬さんは銀子さんを、二村さんと山ガールさんは銅太くんを助けてあげてください。そして全員で一斉に外に飛び出すのです。さあ早く！」

　僕たちは体を横にして横長の穴から脱出した。

　シャリッと根雪を踏んだ感覚。雪に反射する日光が眩《まぶ》しい。

　間違いなく外だ。

　薄暗く閉ざされた四元館からの脱出に成功したのだ。

　館が何かを伸ばしてきてまた捕まったら敵わない。僕はこけつまろびつ距離を取ってから、館の方を振り返った。

　今、四元館全体がゆっくりと変形しつつあった。まるで見えない巨人に押し潰されているかのように、垂直方向に縮み、水平方向に伸びている最中だ。

「四元館に何が起こったんだ？」

「認めたくはありませんが以相のおかげです。彼女は私の申し出を断ったふりをして、私がスマホに表示させていた指示に従ってくれたのです」

「そうだったのか、あれは全部演技——」

「私一人では彼女を説得できなかったでしょう。輔さんの説得が効いたんだと思います」

あの以相に僕の言葉が届いたのだろうか。だとしたら嬉《うれ》しいが。

「やっぱり輔さんがずっと主張しているように、以相は合尾《あいお》教授の復讐をしているのかもしれません。私も少し考えを改めることにします」

「雪解けか」

「いえ、まだまだ残雪期です」

「強情だな。まあ仕方ないか」

姉妹仲はいいに越したことはないが、《探偵》と《犯人》はやはり相容《あいい》れない存在ではあるだろう。

「それでどんな指示を出したんだよ」

ほんの一瞬間があってから、相以はポツリと答えた。

「水平線の向こうへ」

「え？」

「スマホに表示させたのはその八文字だけです。というのも具体的な指示をすると四元館の隠しカメラに見られた時に、何か企《たくら》んでいるなと警戒されてしまう恐れがあったからです。その点、この八文字なら絶対四元館には伝わらない。五月四日以降の世界が存在しない四元館にとって、五月四日になる瞬間は水平線などではなく世界の終わりに過ぎず、当然水平線効果という概念も理解できないからです」

ある問題に囚《とら》われている者は、その問題を認識できないということか。

「水平線の向こうへ。以相ならきっとこのメッセージの意味が分かると思った。でも本当に分かるとは思わなかった……」

相以の言葉にＡＩらしからぬ矛盾が含まれている。

「とにかく以相は私の真意を汲《く》み取り、水力・地熱・風力発電機を爆破した後、『本日二十三時五十九分五十九・九秒に四元館にミサイルを落とす』と宣言したのです。最後の一発は宣言するだけで良くて、本当に落とす必要はありません。以相のことだから本当に落とす可能性もありますが……。とにかくそれを聞いた四元館は変形を余儀なくされました」

「さっぱり分からん。今回の事件難しすぎないか？」

「思考を放棄しないでください。いいですか。二十三時五十九分五十九・九秒にミサイルが着弾したら、中にいる人間は間違いなく即死します。では何らかの手段で着弾を○・一秒遅らせることができたとしたらどうでしょう」

「どうでしょうもクソも何の意味もないだろ。中の人間が死ぬのが○・一秒後にズレるだけだよ」

「そうですね、普通の人間にとっては何の違いもありません。ですが四元館にとっては違います。水平線効果の話をもう一度思い出してください。四元館は五月四日になる瞬間という水平線を持っており、それより向こうに錬華さんの死が存在しても認知できないのです」

「あ、ああっ、まさか――」

「そうです。四元館は極限まで平べったくなることで着弾を○・一秒遅らせ、錬華さんの死を五月四日にズレ込ませることで、錬華さんの死を無くそうと考えたのです」

本当は無くせてなどいない。自分の認知外に追いやっただけだ。

しかし水平線効果を起こしたＡＩは、それで問題が解決されたと思い込んでしまう。n手先まで読める将棋ソフトが、無駄手を繰り返して馬の死をn手より後にズラすことで、馬が助かったと錯覚するように。

四元館も無駄な変形で○・一秒を稼いで、錬華を助けようとしたのだ。

「なるほど、それが『水平線の向こうへ』の意味か」

「一つにはそうです。実はもう一つ意味があるのですが……それは後で分かります。とにかく四元館が水平方向に伸びたことで、渦巻き状に巻き込まれた壁が左右に引っ張られて開き、脱出できたというわけです」

「でもまだ分からないことがある。なぜ今変形するんだ？　四元館は自分の守備範囲内に錬華ちゃんを留めるために、僕たちを閉じ込めていたわけだろ。だったら二十三時五十九分五十九・九秒ギリギリに変形したらいいんじゃないか？」

「それをされると銅太くんを病院に連れていくのが遅れて危険です。だからそうさせないため、事前に三つの発電施設を爆破する必要があったのです」

　水車があった方を見ると、ウンディーネ像もろとも跡形もなく消滅し、代わりに黒い煙が立ち昇る大穴ができていた。

　以相の奴、マジでミサイルをぶっ放しやがったのか。もう《犯人》とかそういうレベルじゃないだろ。

　もっともその行為は相以も想定済みだったという。

「何で爆破する必要があったんだ？」

「逆に何で太陽光発電だけ残したと思いますか？」

「何でって……そりゃ屋根に取り付けられたソーラーパネルをミサイルで爆破するわけにはいかないだろう。僕たちも吹っ飛んじまう」

「それはそうですが、もっと重要な理由があります。太陽光発電の最大の特徴は当然ですが日中しかパフォーマンスを発揮できないということです。夕方になれば大分衰え、問題の二十三時五十九分五十九・九秒の頃にはほとんど機能停止しています。そこから変形し始めても、蓄電分だけでは賄《まかな》えない恐れがあります。ついでに言えば山の天気は変わりやすく、曇りや雨になればやはり発電量は激減してしまいます」

「ああ、だから電力が充分供給されている今のうちに変形するしかなかったんだ」

「そうです。それからもう一点。元々四種類もの発電施設があったのは、山奥でも変形に必要な電力を確保するためでした。逆に考えると、太陽光発電だけでは電力不足だということです。必然的に変形速度も遅くならざるを得ません。だから尚更《なおさら》今から変形を始めないと日没までに間に合わないのです。ついでに変形速度が遅くなることで、私たちが脱出しやすくなる意味もありました」

「なるほどなー。フルスペックの四元館は、狙撃《そげき》に合わせて胸壁バリアーできるくらいの反応速度だ。そのままで相手したら、僕たちが脱出しようとモタついている間に壁の穴を塞がれていてもおかしくないもんな。だから発電施設を三つも爆破して弱体化させたのか」

「そういうことです」

相以と以相の最強タッグの前では、さすがの四元館も形無しか。

「おかげで早く脱出することができた。そうだ、解決編なんて後にして早く銅太くんを病院に連れていかないと――って無理じゃん！　吊り橋が落ちてるんだから。これじゃ早く脱出した意味がないよ」

「大丈夫です。四元館を見てください。私たちが脱出した後でもなぜまだ変形を続けているのだと思いますか」

「確かに変だ。錬華ちゃんが中にいないならミサイルの着弾を遅らせる意味はないのに」

「いえ、ありますよ。館の周囲は狭いですからね。外にいてもミサイルが館に命中したら爆風や破片で死ぬ可能性があります。錬華さんがまだ近くにいるので、着弾を○・一秒遅らせるための変形を愚直に続けているのです。外にいても五月四日になってから死ねば四元館的にはセーフですからね」

そう説明されると、ゆるゆると扁平《へんぺい》な形を目指して広がっていく四元館が途端に健気《けなげ》な生き物に見えてきた。

元々二階建てだったのが今は平屋くらいの高さにまで圧縮されている。

単純計算すれば水平方向には二倍広がっているということか。

いやー、しかしどこまで広がるんだろう。

何かだんだん近付いてきたんですけど。

っていうか建築の基礎はどうなってるの、伊山さん？

四の字の基礎は埋まったまま、地上部分だけが膨張しているということか？

ズリズリ地面に擦れながら、なおも領土を広げ続ける。

「ちょっ、こっち来るって！」

「皆さん下がってください！」

僕たちは小川を渡り、西の絶壁ギリギリまで退避した。

四元館も易々《やすやす》と小川を越え、生えている木を薙《な》ぎ倒しながら間合いを詰めてくる。

このままだと四元館と絶壁に挟まれて圧死する!?

――そうはならなかった。

絶壁に到達する頃には、四元館は鉄板のように薄くなっていた。そして僕たちの足元で静止する。

「止まった……」

「どうやらこれが薄さの限界のようですね」

周囲を見回すと、高台のほとんど全域が一枚の板と化した四元館に覆《おお》い尽くされていた。

「あっ、あれを見てください！」

一ノ瀬が珍しく大声を出しながら南を指差した。

僕もそちらを見て――そして凍り付いた。

そこには信じられない光景が広がっていた。

「——奇跡だ」

しかし相以はこう言った。

「いえ、ここまでが計算通りです」

「何だって？　計算通りなわけないだろ。こんな、滅茶苦茶な……」

ペラペラに引き延ばされた四元館の端がだらりと垂れ下がり、この高台より低い位置にある吊り橋の向こう岸に届いていた。まるで巨大な滑り台のように。

「水平線のように極限まで薄くなった四元館を渡って向こうへ——『水平線の向こうへ』というメッセージのもう一つの意味です。変形が収まっている今のうちです。早く渡っちゃいましょう。なに、錬華さんが渡っている間は四元館も踏ん張ってくれますよ、きっと」

僕たちはもはや何も言わずに滑り台を滑り始めた。まだ意識が戻らない銅太は僕と二村が両脇《わき》から支え、錬華は一ノ瀬が補助する。罪を犯した者たちも反抗することなく黙々と滑り降りていく。

所々に残っているソーラーパネルを避けながら滑降するそれはまるでレースゲームのようだった。どこかフワフワと非現実的な気分で、後で正気に戻った際に自分は何ということをしていたのだと猛省することになるかもしれない。

幸いなことに全員が無事、対岸に辿《たど》り着いた。

次の瞬間、背後でピキッという音がした。

振り返ると、滑り台の部分にヒビが入り、バラバラと谷底に崩落していくではないか。

「薄くなりすぎて強度を維持できなかったんですね」

相以がどこか寂しげな声で言う。

ある者は立ち尽くし、ある者は腰を抜かし、ただ崩落を見守るしかなかった。

錬華が象のぬいぐるみの鼻をパタパタと振った。

「今まで守ってくれてありがとう。そしてさようなら」

——閉幕《カーテン・フォール》。

*

その後、僕らは無事下山に成功した。

銅太は一命を取りとめた。後遺症も残らなかったようで安心だ。

銀子と三名本と三名本の母親は逮捕された。

仮面の女はそれを妨害せず、むしろ警察への引き渡しに積極的に協力してくれた。以相の「象は忘れさせない」という言葉を彼女なりに解釈した結果、もし忘れないことが重要なら、殺して相手の記憶を消滅させるより、生かして悪として裁かれる屈辱の記憶を植え付けた方が復讐になるのではないかと思い直したという。

自分を騙《だま》した相手にわざわざ忠告するなんて、以相も少しはいい奴になったのかな……。

その認識はすぐ改めざるを得なかった。

警察の捜査陣が水平山に登ると、四元館は跡形もなく爆破されていたそうだ。

どうやら以相は本当に最後のミサイルを発射したらしい。

相以の作戦が上手く行かず脱出に失敗していたら今頃……そう思うとゾッとした。

思うに相以の作戦は、以相が犯罪オークションで言っていた、兵器の「夢のある使い方」だったのではないか。だからそれが成立するか実験し、ダメなら僕たち諸共ボツにするつもりだった。

皮肉なことに、今回以相の美学に最も合致する犯罪を提示したのは相以だったのだ。

やはり二人は表裏一体の存在なのだろうか。

後日、AI探偵事務所。

デスクトップパソコンに相以の浮かない顔が表示されている。

「これで良かったのでしょうか」

「何が？　以相の力を借りちゃったこと？」

「あ、いえ、まあそれはそれで嫌なのですが……。それよりも結果的に四元館が死んでしまうような方法を取らざるを得なかったことです」

そうか、そういえば相以はこういう奴だったな。

オクタコア事件ではフォースを、右龍事件ではｋｅｉｋｏを、そして今回の事件では四元館を、それぞれ一個の人格と見なして尊重していた。だからこそ彼らの特性を見抜き、事件を解決することができた。

今後ますますＡＩが進歩すれば、加害者だけでなく被害者や証人など、様々な形でＡＩが犯罪に関わる未来が訪れるだろう。

その時、単純な計算速度や画像分析力でなく、「ＡＩの目線で物事を考えられる」ということが相以の最大の武器になるかもしれない。

さて、そうと分かれば僕は僕の仕事をしよう。ＡＩを輔《たす》く仕事を。

「大丈夫だよ」

と僕は言った。

「それが分かっていたら大丈夫だ。次はきっと上手くやれる」

「輔さん……ありがとうございます」

その時、パソコンの画面にメッセージがポップアップした。

『助けて』

フォースだ。

何かあったのか!?

まさかまた以相のハッキングか――ちょっと待て。

そういえばフォースを作ったのもオクタコアの河津《かわつ》じゃないか。

四元館がオクタコア関連だから以相の復讐対象になるという僕の理屈が成立するなら、フォースだって――。

僕は慌ててキーボードを叩いた。

『どうしたんだ』

『解答編が書けない』

『何だ、そんなことか』

拍子抜けした。

『何だじゃない。一大事』

『そりゃ大変だろうけどさあ』

僕と相以が四元館事件の事後処理に追われている間に、フォースは異例の速さで作家デビューを果たしていた。ＡＩ作家のデビュー作を新たに始動するＷＥＢマガジンの目玉にしたい大川《おおかわ》編集者の要望に、速筆のフォースが応《こた》えた形だ。すでに短編推理小説の問題編が公開済みである。

『でも短編の解答編だろ？　伏線回収してたら終わるじゃん。特に問題編詰め込みすぎなくらいだったんだから。確か三人死んだんだっけ。犯人は？　トリックは？』

『知らん分からん』

『？』

『実は全然ネタが思い付かないから、規定文字数を満たすために事件を水増ししただけなんだ。本来そんなことしたらダメだって分かってるはずなのに、なぜか〆切《しめきり》後に問題を先延ばししたら解決する気がしちゃって』

こ、こいつ、まさか――。

間違いない。

水平線効果を起こしてやがる。

実際は何ら解決していないどころか、歩の成り捨てのようにバラ撒《ま》いた伏線を回収しなければならなくなるので、かえって大変になっただけだ。

ＡＩ作家特有の問題？

それとも人間の連載作家もこの手の先延ばしをしているのだろうか。

『相以も何か考えてよー。探偵でしょ？　この事件を解いてよ』

『さすがの私でも存在しない真相は突き止められませんよ』

どうやらこちらのＡＩも輔けてやらないといけないようだ。まだまだ人間の力も必要だな。

『よし、今から全員で問題編を見返して使える伏線がないか探そう』

『ありがとー（涙）』

『えっ、私もやるんですか』

『家族を助けると思って頼むよ』

『頼むよー』

『仕方ないですね。ちょっと問題編を読み直してきます。はい、百回読み直しました』

『早っ』

『まず第一の事件ですが……』

こうして今日もＡＩ探偵事務所の夜は更《ふ》けていく。

（了）

この作品は『yom yom』Vol.64〜67に連載された『探偵ＡＩ３　四元館の殺人』に大幅な加筆、修正を加えたものです。

この作品はフィクションであり、実在の人物・団体・事件とは関係ありません。

早坂 吝 著

探偵ＡＩのリアル・ディープラーニング

天才研究者が密室で怪死した。「探偵」と「犯人」、対をなすＡＩ少女を遺して。現代のホームズVS.モリアーティ、本格推理バトル勃発!!

早坂 吝 著

犯人ＩＡのインテリジェンス・アンプリファー

—探偵ＡＩ 2—

探偵ＡＩ、敗北!? 主人公を翻弄する天才犯罪者・以相《いあ》の逆襲が始まる。奇想とロジックが宙を舞う新感覚推理バトル、待望の続編!!

浅原ナオト著

今夜、もし僕が死ななければ

「死」が見える力を持った青年には、大切な誰かに訪れる未来も見えてしまう——。愛する人への想いに涙が止まらない、運命《いのち》の物語。

伊与原 新著

青ノ果テ

—花巻農芸高校地学部の夏—

僕たちは本当のことなんて1ミリも知らなかった——。東京から来た謎の転校生との自転車旅。東北の風景に青春を描くロードノベル。

乾くるみ著

物件探偵

格安、駅近など好条件でも実は危険が。事故物件のチェックでは見抜けない「謎」を不動産のプロが解明する物件ミステリー6話収録。

王城夕紀著

青の数学

雪の日に出会った少女は、数学オリンピックを制した天才だった。数学に高校生活を賭す少年少女たちを描く、熱く切ない青春長編。

片岡翔著

ひとでちゃんに殺される

怪死事件の相次ぐ呪われた教室に謎の転校生「縦島ひとで」がやって来た。悪魔のように美しい彼女の正体は!?　学園サスペンスホラー。

河野裕著

さよならの言い方なんて知らない。

あなたは架見崎の住民になる権利を得ました。一通の奇妙な手紙から始まる、死と隣り合わせの青春劇。「架見崎」シリーズ、開幕。

小林泰三著

神獣の都

—京都四神異譚録—

京都の裏側で神獣の眷属として生きる者達は、異能を駆使して未曾有の災害から人々を守り切れるか。空前絶後の異能力ファンタジー。

坂上秋成著

紫ノ宮沙霧のビブリオセラピー

—夢音堂書店と秘密の本棚—

巨大な洋館じみた奇妙な書店・夢音堂の謎めいた店主、紫ノ宮沙霧が差し出す「あなただけの本」とは何か。心温まる3編の連作集。

佐野徹夜著

さよなら世界の終わり

僕は死にかけると未来を見ることができる。生きづらさを抱えるすべての人へ。『君は月夜に光り輝く』著者による燦めく青春の物語。

清水朔著

奇譚蒐集録

—弔い少女の鎮魂歌—

死者の四肢の骨を抜く奇怪な葬送儀礼。少女たちに現れる呪いの痣《あざ》の正体とは。沖縄の離島に秘められた謎を読み解く民俗学ミステリ。

知念実希人著　天久鷹央の推理カルテ

お前の病気《ナゾ》、私が診断してやろう――。河童、人魂、処女受胎。そんな事件に隠された〝病〟とは？　新感覚メディカル・ミステリー。

知念実希人著　神話の密室
―天久鷹央の事件カルテ―

まるで神様が魔法を使ったかのような奇妙な「密室」事件、その陰に隠れた予想外の「病」とは？　現役医師による本格医療ミステリ！

月原　渉著　使用人探偵シズカ
―横濱異人館殺人事件―

謎の絵の通りに、紳士淑女が縊られていく。「ご主人様、見立て殺人でございます」。奇怪な事件に挑むのは、謎の使用人ツユリシズカ。

月原　渉著　鏡館の殺人

姿見に現れる「死んだ姉」。「ころす」の文字……。この館では、鏡が「罪」を予言する――。少女たちの棲む左右対称の館で何かが起きる。

七月隆文著　ケーキ王子の名推理《スペシャリテ》

ドSのパティシエ男子&ケーキ大好き失恋女子が、他人の恋やトラブルもお菓子の知識で鮮やか解決！　胸きゅん青春スペシャリテ。

中西　鼎著　放課後の宇宙ラテ

数理研の放課後は、幼なじみと宇宙人探し&転校生と超能力開発。少し不思議でちょっと切ない僕と彼女たちの青春部活系SF大冒険。

青柳碧人著

猫河原家の人びと
—一家全員、名探偵—

謎と事件をこよなく愛するヘンな家族たち。私だけは普通の女子大生でいたいのに……。変人一家のユニークミステリー、ここに誕生。

葵　遼太著

処女のまま死ぬやつなんていない、みんな世の中にやられちまうからな

彼女は死んだ。でも——。とある理由で留年し、居場所がないはずの高校で、僕の毎日が変わっていく。切なさが沁みる最旬青春小説。

萩原麻里著

呪殺島の殺人

目の前に遺体、手にはナイフ。犯人は、僕？——陸の孤島となった屋敷で始まる殺人劇。呪術師一族最後の末裔が、密室の謎に挑む！

福田和代著

BUG
広域警察極秘捜査班

冤罪で死刑判決を受けた天才ハッカーは今、超域的犯罪捜査機構・広域警察の極秘捜査班〈BUG〉となり、自らを陥れた巨悪に挑む！

古野まほろ著

オニキス
—公爵令嬢刑事　西有栖宮綾子—

皇室と英王室の血をひく監察官・西有栖宮《にしありすのみや》綾子が警察組織の不祥事を有り余る財力《カネ》と権力《チカラ》で解決！　全く新しい警察ミステリ、開幕。

藤石波矢著

#チャンネル登録してください

人気ユーチューバー（が）（と）恋をしてみた。〝可愛い〟顔が悩みの彼女と、顔が見えない僕の、応援したくなる恋と成長の青春物語。

詠坂雄二著

人ノ町

旅人は彷徨《さまよ》い続ける。文明が衰退し、崩れ行く世界を。彼女は何者か、この世界の「禁忌」とは。注目の鬼才による異形のミステリ。

泡坂妻夫著

生者と死者
—酩探偵ヨギ ガンジーの透視術—

謎の超能力者とトリックを見破ろうとする奇術師の対決は如何に？「消える短編小説」が仕組まれた、前代未聞驚愕の仕掛け本！

有栖川有栖著

乱鴉の島

無数の鴉が舞い飛ぶ絶海の孤島で、火村英生と有栖川有栖は「魔」に出遭う——。精緻な推理、瞠目の真実。著者会心の本格ミステリ。

芦沢　央著

許されようとは思いません

入社三年目、いつも最下位だった営業成績が大きく上がった修哉。だが、何かがおかしい。どんでん返し１００％のミステリー短編集。

秋吉理香子著

鏡じかけの夢

その鏡は、願いを叶える。心に秘めた黒い欲望が膨れ上がり、残酷な運命が待ち受ける。『暗黒女子』著者による究極のイヤミス連作。

一條次郎著

レプリカたちの夜
新潮ミステリー大賞受賞

動物レプリカ工場に勤める往本は深夜、シロクマと遭遇した。混沌と不条理の息づく世界を卓越したユーモアと圧倒的筆力で描く傑作。

乾　緑郎著
機巧のイヴ

幕府VS天帝！　二つの勢力に揺れる都市・天府の運命を握る美しき機巧人形《オートマタ》・伊武《イヴ》。ＳＦ×伝奇の嘗てない融合で生れた歴史的傑作！

岡嶋二人著
クラインの壺

僕の見ている世界は本当の世界なのだろうか、それとも……。疑似体験ゲームの制作に関わった青年が仮想現実の世界に囚われていく。

荻原　浩著
噂

女子高生の口コミを利用した、香水の販売戦略のはずだった。だが、流された噂が現実となり、足首のない少女の遺体が発見された――。

岡崎琢磨著
春待ち雑貨店
ぷらんたん

京都にある小さなアクセサリーショップには、悩みを抱えた人々が日々訪れる。一人ひとりに寄り添い謎を解く癒しの連作ミステリー。

坂口安吾著
不連続殺人事件
探偵作家クラブ賞受賞

探偵小説を愛した安吾。著者初の本格探偵小説は日本ミステリ史に輝く不滅の名作となった。「読者への挑戦状」を網羅した決定版！

西東三鬼著
神戸・続神戸

戦時下の神戸、奇妙な国際ホテル。エジプト人がホラを吹き、ドイツ水兵が恋をする。数々の作家を虜にした、魔術のような二篇。

デザイン　川谷康久（川谷デザイン）

四《よん》元《げん》館《かん》の殺《さつ》人《じん》

探偵ＡＩのリアル・ディープラーニング

新潮文庫　は－72－3

令和三年七月一日発行

著者　早《はや》坂《さか》吝《やぶさか》

発行者　佐藤隆信

発行所　株式会社新潮社

郵便番号　一六二―八七一一
東京都新宿区矢来町七一
電話　編集部（〇三）三二六六―五四四〇
　　　読者係（〇三）三二六六―五一一一
https://www.shinchosha.co.jp

価格はカバーに表示してあります。

印刷・錦明印刷株式会社　製本・錦明印刷株式会社

ISBN978-4-10-180220-6 C0193